秘剣 梅明かり
なまけ侍 佐々木景久

鵜狩三善　Mitsuyoshi Ukari

アルファポリス文庫

https://www.alphapolis.co.jp/

目次

序章　春宵《しゅんしょう》一景

笛、鉦《かね》、太鼓に笙《しょう》の声。笑いさざめく人の群れ。

春の淡い宵《よい》の川辺を、音色が華やかに彩っている。四方に名高い御辻《みつじ》の川祭りであった。

御辻とは、北陸の小藩の名だ。険山《けんざん》を多く懐《ふところ》に抱え、かつては鳥も通わぬと揶揄《やゆ》された山《やま》間《あい》の藩である。道普請《みちぶしん》が進んだ今とて通う人の足は甚《はなは》だ少ない。

だが山野には多くの恵みを抱《いだ》き、また小規模ながら塩浜と漁港をも有し、隆盛はせぬが貧窮もない藩でもあった。大きな禍福いずれよりも免《まぬが》れて、実に太平の世らしく、ゆったりと夢に微睡《まどろ》むような土地柄をしている。

この御辻藩を東西に割って流れる大河を、潮路《しおじ》川という。山の腹から湧き出《い》でて海へと至るその流れは、古くより幾度となく氾濫《はんらん》し、人の営みを蝕《むしば》んできた。

藩主である大喜《おおき》氏は、この暴れ川と戦い続けてきた一族である。長《なが》の時をかけて水に取り組み、海原へまっしぐらの川筋を少しずつ、緩かに、穏やかに歪めていった。「大喜なかりせば潮路溢《あふ》る」との言いを、御辻で疑う者は誰もない。

群雄割拠の世において、大喜氏が弱小ながら領主としての地位を保ち続けた理由もここにある。

潮路の流れは近隣の大国《たいこく》すら三舎《さんしゃ》を避《さ》く代物であり、治水の手間を考えれば、御辻は取って旨味のない土地であったのだ。お陰で戦火も及ばず、半ば隠れ里のようにあれたのだから、潮路川は一面において土地の守護神と言えなくもない。

この潮路に関わる祭祀こそが、川祭りである。

水の温《ぬる》む頃になると、御辻の領民は最寄りの堤の上に集《つど》い、思い思いに踊る。拙いながらの奉納舞《ほうのうまい》であり、様相としては風流踊《ふりゅうおどり》に近い。

踊り歌を口ずさみながら、人の群れは土手の上を夜昼《よるひる》なく行き来する。熱心な者は、上流から下流まで繰り返し往復して踊り歩くのだ。

年にもよるが、祭祀の期間はおよそ五、六日。決して参加を強制するものでないにもかかわらず、この間は川沿いの家々がほぼ空《から》になるというから凄《すさ》まじい。

領内の熱狂に当てられたように藩外からも人が集まり、普段は寒々と風だけ抜ける御辻の街道も、このときばかりは驚くべき賑《にぎ》わいを見せる。平素は眠るがごとき御辻藩だが、この春宵《しゅんしょう》の数日ばかりは目が覚めたように騒がしい。

この種の商機を、機を見るに敏《びん》なる商人《あきんど》たちが逃すはずもなかった。彼らは合わせて御辻に立ち入り、踊る人々のために休息所を設け、立ち食い立ち飲みの屋台をはじめたのである。

こうした出店が最も多く立ち並ぶのが、祭りの元締めでもある塩土《しおつち》神社の境内だ。

塩土神社とは、潮路川を鎮め終えた大喜氏が建立した社《やしろ》の名だ。祭神は社名の通り塩土老翁《しおつちのおじ》。水運、海運を含めた道行きの祈願と言えば、宗像三女神《むなかたさんじょしん》が一般に名高い。でありながら、あえてこの神を勧請《かんじょう》したのは、大喜の殿様に何かしらの意図があってのことであろうか。

とまれこの境内は、川沿いの窪地を占有して広い。潮路の氾濫に際し、ため池として機能させるべくである。つまりこうした催しに、もってこいの場であった。

あるいは踊り見物の人々が、あるいは踊り疲れた者々がここへ集ってごった返し、さしもの空間も芋を洗うがごときありさまとなる。となれば押し合いへし合いから殴る蹴るの小競り合いに至るのは自明で、一時は混乱の収拾に、藩兵が繰り出されることまであった。

のちに土地の顔役たちが間に入り、これを取り仕切るようになってからは大人しいものだが、それでもやはり、川祭りは乱痴気《らんちき》騒ぎの面を備える点は否めない。

けれど、藩がこれを咎《とが》め立てることはなかった。川辺に人を集めるのが、行政としてそもその目論見であったからだ。

いかに固く築こうと、堤防とはいずれ緩むものだ。ゆえに雨季の前に祭りを催し、人を集めて土を固く踏みしめさせる狙いである。

だが斯様《かよう》な御上の思惑はさておき、浮かれ騒ぐ口実があればそれを堪能するのが民衆の逞《たくま》しさだ。

浮かれ騒ぎの人々、今年も嵩《かさ》にかかって姦《かしま》しい。

少年は片頬を撫でながら、そうした祭りの風情を眺めていた。

川べりに吊るされた提灯《ちょうちん》たちは、堤に光を投げると同時に、周囲の闇をより深く際立たせる。その昏黒《こんこく》の中に、彼はひとり立ち尽くしていた。潮路の川の流れと祭りの喧騒の双方を半分ずつ耳に聞きつつ、ただ、黙然と。

上背はあるが、彼の顔立ちはまだまだ幼い。齢《よわい》は十《とお》かそこらと見える。

だが彼の目は、年齢に似合わぬ達観の色合いを湛《たた》えていた。

達観は、諦観《ていかん》と言い換えてもよい。その理由のひとつが、撫でる手の下の、青く痛々しい腫《は》れであるのは想像に難《かた》くなかった。

明らかな打擲《だぼく》の痕跡である。少年は、何者か――それも同世代でなく大人から――に強く打擲《ちょうちゃく》された直後なのだ。

変色した患部には、まだ熱と痛みとが残留するはずだった。尋常《じんじょう》の子供であれば泣きじゃくり、親の、周囲の庇護《ひご》を求めて当然のありさまである。

しかし少年の面《おもて》に、その種の痛覚は少しも見えない。己が頬を撫でる手つきも、痛みを堪《こら》える類《たぐい》の仕草とは遠いものだ。

口中の切創を、なんとなしに舌で探ってしまうように。普段と少し違う箇所があるから、どうも気になって触れてしまう。その程度の様子でしかないのだ。

事実、彼の諦念は体でなく、心をこそ在り処としていた。

大人の強い殴打を受けても、さしたる痛痒《つうよう》も覚えぬ強靭さは、あるいは才として誇るべき特質であるだろう。しかし少年は、自身の頑強を好まなかった。強靭さのみに留《とど》まらぬ肉体の非凡は、父に心労を及ぼすものであり、また己を縛る鎖であると思うからだ。

少年にとって我が身の特性は、自らの異常性を思い知らせてやまないものだった。

たとえば、身の丈が一丈（約三メートル）ほどもある人間を想像してみればよい。他の人々がなんの気なしに歩む道を、潜る戸口を、彼は周りの背丈に合わせておっかなびっくり、細心の注意を払って行かねばならない。なんとも窮屈で息苦しくて、生きにくいことだろう。

自分はそれだと、少年は思う。

この頑強な体のせいで、常に気を張り思考を巡らせ、油断なく暮らさねばならない。彼にとっての世間とは、大儀以外の何物でもない。

「……」

ひとつ息を吐いて、少年は祭礼の光を遠く見る。

けれど、嫌いではないのだ。世の中を厭《いと》うものでは決してないのだ。むしろ、好きだから、愛するからこそ、壊したくないと考える。なのに、普通であることは難しい。ひどく。思うに普通というのは、眼前の祭りに似て特別だ。すぐ傍にあるくせに、どうしたって届かない。水中から眺める風景のように、いつも実体なく揺らめいて朧《おぼろ》だ。決して少年に触れてはくれない。

もちろん、親しい人々とともにあるときは別だ。

父や妹や友人は、不可思議な媒介となって、自分と普通とを結びつけてくれる。その輪の中へ紛《まぎ》れさせてくれる。彼らの隣はふわふわと温かで、とても優しい感触がする。いつまでも浸っていたいように思う。

だがそうして人間《じんかん》のぬくもりを知れば知るほど、異質を忌《い》む人の心の働きもまた、彼には見えてしまう。

これまでの体験から、自身の特性を覗《のぞ》かせた折の周囲の反応から、違うこととは悪いことなのだと、少年は学習している。

ならば自分は、除かれるべき異物であるのだろう。

もし注意を怠《おこた》り正体を曝《さら》け出したなら、自分はたちまち世に居場所を失うはずだ。また、そうして生じる排斥の運動は、己ばかりでなく無関係な家族や友人さえをも矛先とするに決まっている。

何より、異端への拒絶は一度きりで終わらない。彼がしくじるたびに、何度でも、幾度でも、繰り返し立ち現れるに違いなかった。

だから彼は多くを望まず、手放し、諦めた。

少年の隣には、まるで地獄のように、いつも孤独が寄り添っていた。

年端《としは》も行かぬ子供が、何を悟ったようなことをと思う向きもあるだろう。

だが子供なればこそ、大人よりも深く辛く悩むのだ。世間の狭い子供だからこそ、より強く懊悩《おうのう》する。

純にして知見のない彼らは、その狭い視野の中にあるものだけで、必死に世界の解を見出そうとする。ゆえに素朴な心は、割り切り慣れた大人とは異なる煩悶《はんもん》を抱《いだ》くのだ。

親に虐待を受ける子が、その理由を我が身の咎と決め込むように。少年もまた、全てを己の悪性《あくしょう》ゆえと信仰している。

もう一度嘆息すると、少年は目を閉じた。

慣れていた。慣れた、つもりでいた。

だが今日のようなことがあれば、どうして自分だけが、という気が起ころうというものだ。潮路の流れのように、己の力のままに氾濫してしまいたくなるときすらもある。

だが恣意《しい》のままに悪行を働くには、少年は分別がありすぎた。

殴られれば痛い。痛くて悲しい。単純で当たり前のことだから、彼はそれを他人に施そうとは思えない。思わない。

けれどそれでも先を思うと——これからもこうして、窮屈に生き続けねばならぬのだと考えてしまうと、ひどく倦《う》み疲れる心地だった。何もかもを放り捨て、わっと叫んで闇の中へ駆け込んでしまいたい衝動が渦を巻く。

分別の垣根を踏み越え、彼が暗がりへの墜落に身を任せかけた、そのときだった。

風の流れが変じたゆえか。よく聞こえる少年の耳が、幽《かそけ》き歔欷《きょき》を捉えた。

泣き声は少年が身を浸すのと、同じ闇からするようだった。しばし動きを止め、彼は夜に耳を澄ます。

次に目を見開いたとき、少年の面に迷いはなかった。眼差《まなざ》しを夜へと転じ、瞳は鋭く昏黒を透かし見る。聞こえる響きは稚《いとけな》い娘のものだ。妹を持つ身としては捨て置きがたい。親とはぐれたか道に迷ったか、はたまた鼻緒が切れでもしたか。

すすり泣きの理由に見当をつけながら、少年は声の主を探り――そうして、彼女を見つけた。

泣く子は、彼よりもひとつふたつ下の娘だった。

賑わいから外れ道から外れ、草むらで自らの膝を抱え、世の中の全部に背を向けるように蹲《うずくま》っている。

最初に目に映ったのは、細いうなじだった。それは星明かりに白く光るようで、窃視《せっし》の罪悪感がふと胸に湧き、少年は慌てて視線を外す。

ひと呼吸置いてから視線を戻し、次に見えたのは大層仕立てのいい浴衣だ。ひと目でいいところの子と知れる装いで、ますます彼の案じる心が動いた。のどかで誰もが顔見知りのような小藩とはいえ、人足《ひとあし》が増える祭りの時期だ。こんな場にひとりでいる金持ちの娘など悪心の的《まと》でしかない。

「なあ」

脅かさぬよう、わざと足音を立てて寄ってから、声をかけた。

「なあ、どうした？」

返答は小石だった。「あっち行け」とばかりに、娘が投げて寄越したものである。明らかな拒絶であり、彼女に振り向く素振りはまるでない。

むむ、と少年は眉を寄せる。いかにも手強い籠城の気配だった。助けを求めようにも、舌と知恵の回る友人の姿は傍らにない。

立ち去らぬ彼へ向け、少女がまた石を投ずる。

少年はまたしても小さく唸り、しばらく娘の背後に佇《たたず》んだのち、やがて踵《きびす》を返して駆け去った。

その勢いは憤慨を思わせるもので、だから――

「ほら」

しばらくののちに再び、そして不意に正面から落ちてきた声に、少女は思わず顔を上げた。

今度は足音と気配を殺して現れた少年は、涙の痕の残る面へ、ぐいと右手を突きつける。

そこには飴《あめ》の鳥が握られていた。葦《あし》の茎先に飴をつけ、息を吹き込んで鳥の形に膨らませた品である。祭りの屋台には至極ありふれたそれは、少年が駆け足で買い求めてきたものだった。

困惑に満ちた娘の目が、やがて飴に移ったのを確かめてから――

「ほら」

彼はもう一度言って、自身もしゃがんで微笑《ほほえ》みかける。まだ濡れた瞳をぱちくりと瞬かせてから、少女は突きつけられた鳥をおずおずと受け取った。

女は甘味と美男で釣るべしとは、妹で成功体験を得た教訓である。生憎《あいにく》美男は品切れだが、甘味の方は活きた模様だ。

「やっと、こっちを見たな」

「……っ！」

にんまり笑えば娘はまたふいと顔をよそへ向け、けれどすぐに戻して、「あの」と囁《ささや》いた。

「もしかして、当たりましたか」

「んん？」

首を傾《かし》げたところで顔を指差され、少年は我が頬のことを思い出した。単純極まりない彼は青あざも胸の蟠《わだかま》りも、すすり泣きを耳にしたそのときに、すっかり忘れ果てていたのだ。道理で飴屋の親父がもの言いたげにしていたわけだと、今更ながら思い至る。

「ああ、大丈夫だ。これはお前の石じゃあなくて、父上の拳骨《げんこつ》だ」

気遣いのつもりで、逆に気を遣わせる言葉を吐くのが彼である。聞いた娘は幼いなりに事情を勘繰《かんぐ》り、結果露骨におろおろとした。

「ええと。それは大丈夫ではない、気がします」

おとがいにひとつ立てた指を当て、黙考したのち少女は呟《つぶや》く。幼さとは裏腹に、感情を抑え慣れた、静かで理知的な声音《こわね》だった。投石についてひとまず置けば、やはり随分育ちがいい。

「私のことなど放っておいて、早く帰って謝って、それで仲直りするべきなのではないでしょうか」

生真面目そうな提案に、いや、と少年は首を振った。

「今帰ったなら、それこそまた怒られる。義を見てせざるは勇なきなり、だ」

少年の口ぶりに、彼の言う義がひとり泣く自分へ手を伸べることだと気がついて、娘は袂《たもと》で目尻を拭《ぬぐ》った。含羞《はにか》みかけ、無表情を装うべくきゅっと口を結ぶ。

「……お節介だと、言われませんか」

「耳にタコができている」

「それでも、するんですか」

「オレは人よりもずっとずっと、励まねばならない身の上だからな」

諧謔《かいぎゃく》の中に諦念を滲《にじ》ませつつ頷《うなず》いて、「それに」と彼は付け加えた。

「苦しい折にも善を現せる人間こそが大したものだと、父上が言っていた」

敬意と憧憬《どうけい》に満ちて父親の言葉を語るさまに、娘は細い首を小さく傾げる。

こんなに腫れ上がるほど殴られておきながら、この少年にとって父とは変わらず偉大なものであるらしい。不仲なのか、そうでないのか、今ひとつわからない。

「仲、いいんですか？」

「悪くはない」

思わず問えば、即答だった。

「でも」

「悪さをしたのはオレだ。だから、父上が正しい」

「納得はしていないんですね」

自身に言い聞かせる調子に気づき、娘が遠慮なく重ねる。少年はぐっと詰まった。

「……少し、話してもいいか」

「はい」

頷きに力を得て、彼は束の間目を閉じ、息を吐いた。

「今日のことだ。妹が、言葉の石を投げられた」

彼の妹は気が強い。強いが、それは身内にのみ発揮されるものだ。少なくとも兄のいないところでは、借りてきた猫のように人見知りして大人しい。それが同じ年頃の悪餓鬼《わるがき》どもには、格好のからかい相手と映るのだろう。悔しくも彼の目の届かぬところでその種の行いはしばしばあって、そのたびに少年は友人とともに、仇討ちに出陣したものである。

「母上は、妹を生んで他界した。そのことを、論《あげつら》われた。ちょうどオレはそれを聞きつけて――」

だが、今日のそれは殊更《ことさら》に残酷だった。

お前は親を殺して生まれてきたのだなどという口は、到底許せるものでも、聞き流せるものでもない。

「だから、言った奴を殴った」

「貴方《あなた》は少しも悪くないと思います」

娘はぎゅっと拳を握り、すぐさまそう告げる。どこに、そうも強く感情移入する要素があったのか。先ほどまで自分のことだけに潤《うる》んでいた瞳が、今や少年の事情で泣き出しそうに揺れている。

だがその弁護に、彼は首を横に振った。

「父上が割って入らなければ、オレは相手を殴り殺していたと思う」

「……」

さすがに声を失くした娘を見て、ああしまったと彼は頭を掻《か》く。見知らぬ間柄なればこそ吐露できる心情がある。しかし、それにしても胸の内を漏らしすぎた。修練が足りない。

そう思ったからその先については口を噤《つぐ》んだ。

目を落とした拳には、肉を打ち骨を折り砕いた感触がまだ残っている。憤激のまま膂力《りょりょく》を振るえばどうなるかなど、わかりきっていたというのに。

「でも。でもやっぱり、貴方は悪くないと思います」

「そう言ってもらえると救われる」

感謝を述べると、少年はしゃがんだまま堤を見上げた。

「実は妹も同じことを言ってくれた。だが、オレが自分を許せなくてなあ」

ゆっくりしたため息と一緒に、胸の奥のしこりを吐き出す。

「今日は父上と妹とここへ来るはずだった。楽しい時間になるはずだった。だのに、オレはそれを台なしにしてしまった」

行いに悔いはない。それでも、軽挙が損ねたものがあるのは事実だった。もっと上手いやり方があったろうに、自分はそれができなかったのだ。

「難しいですよね」

自嘲する横顔に、そっと少女が同意を示す。

「何が正しくて何が悪いか。それはとても難しいです」

やはり童《わらべ》らしからぬ言葉は、けれど諦めを知る微笑にひどく似合った。

「たとえば私のおっと……父は、よくない商いをしています。悪事ではありませんが人に好かれない商売で、だから、私にも色々とあります」

ああ、とそれだけで少年は理解する。

この娘もまた、迫害しても構わない相手と、異質と見做《みな》されているのだ。語られた通り、彼女の親の生業《せいぎょう》ゆえに。

子供は大人が思うより、遥かに空気に敏感だ。露わにせぬ大人たちの軽侮を鋭く嗅《か》ぎ取って、娘を虐《しいた》げる名分としたに違いなかった。そして、そうしていい理由があると信じたら、いくらでも残酷を行えるのが人である。

「父が仕事をするから、私が食べていけるのはわかっています。私のためにしてくれる、正しいことなのだと思います。でも、やっぱりときどき嫌いです。今日みたいなことがあると、父が父でなかったらと思ってしまうから」

少女は今宵、友人と約束をして川祭りに来たのだという。

友人は近所の染物屋の子で、幼馴染だった。少女の父親のことなど、何も気にしないように付き合ってきた仲だった。けれど彼女は、いつまで経っても約束の場所に現れなかった。

「何かあったのかと心配になって、あの子の家に行こうとしました。そうしたら、通りすぎたんです」

娘の前を横切ったのは、同世代の子供の集団だった。和気あいあいと男女入り交じるその中に、彼女の友人の姿もあった。一瞬確かに目が合って、けれどすぐに逸らされた。

「いいんですけどね。よくあることですから。でも、それなら最初から近づいてこないでほしかった。そうすれば、期待だってしないのに」

声も震わせずに言い切って、娘はそこで立ち上がる。少年に背を向けて、やはり華やかな堤を見上げた。期待しないとは、彼へも向けた言葉であったろう。それをわかったその上で、少年は「そうか」と頷いた。なんでもない顔をしながら、自分だけではないのだなあと省みていた。

さっきまで、自分だけが特別で、自分だけが辛いのだと考えていた。だが、そうではない。悩んで苦しんで求めて足掻《あが》く。それは己の身のみにあることではないのだ。簡単には除けられない理不尽を、この娘とて味わっている。そう感得したとき、もう少しだけ頑張ろうと素直に思った。

「お前は、父上が好きなんだな」

「ときどき嫌いと言いました」

「それでも心底嫌いなら、ここでひとりで泣かないだろう」

本気で親の稼業を厭うなら、父のありようを憎むなら。何も考えず家へ駆け戻って、その父へ八つ当たりすればいいのだ。それをせずに暗闇に蹲《うずくま》るのは、この娘の優しさに他ならない。友人と出た娘が驚くほど早く帰れば、泣き濡れた顔のまま戻れば、親は当然何事かあったと感づくだろう。そうさせぬために、彼女はひとりきりここで声を殺していた。己を殺し切れるまで、家路につこうとしなかったのだ。

この推察は正鵠《せいこく》を射ていたらしく、図星を突かれた様子で少女は黙する。口を結んだまま、不満の眼差しで少年を見た。

「早く帰って甘えればいい。オレならそうする」

「お節介だと、よく言われませんか」

「耳にタコができている」

もう、と頬を膨らませてから娘は笑んだ。今度は歳相応の、屈託ない笑みだった。

「オレの友人に頭のいいのがいる。そいつはこう言っていた。『後悔先に立たずとは、まず動かなければ悔やむことすらできないという意味だ』、と」

「ご友人に責を負わせるんですか」

「この場にいない人間は言い返さない。押しつけるにはちょうどいい」

真面目腐って言い放てば、少年は行儀よく口元を隠して、またくすくすと笑った。

尻を払って立ち上がり、少年は大股に一歩前へ出る。軽く顎をもたげて堤を眺めた。娘も合わせて向き直り、ふたりは揃って祭祀を見つめる。

「世の中って、難しいですね」

「ああ。難しいなあ」

笛、鉦、太鼓に笙の声。笑いさざめく人の群れ。

愉快と幸福のさざめきを聞きながら、夜の中、少年少女は大人びた嘆息をする。

「……でも」

祭囃子に消えそうな小声で、やがて娘は囁いた。

「でも貴方のお陰で、私は泣き止めました」

そうして手の中で、鳥飴の軸をくるりと回し、淡く笑った。

少年は目を瞠《みは》り、それから、「やはり我が友は明晰だ」と胸の内で称賛をする。

自分の行動は、それこそ良い悪いも知れぬ世話焼きにすぎない。だが彼の言葉に従ったお陰で、少なくとも今日、オレは上手くやれた。どうにか涙を止められて、後に悔いを残さなかった。この娘は、ひとり泣き疲れて帰るより幾分か上等な心地で家路を辿れるはずである。

万事の解決には至れずともそれは誇れる栄誉に相違なく、ならば自分も捨てたものではなかろうと思った。少しばかりは世間の役に立てたのだと信じられた。

我が身は日月《じつげつ》のごとき強い光は備えない。だが今宵は花明かりに――些少《さしょう》ながらも夜闇を照らす道しるべになれたはずだ。

かねてよりの志を叶えた興奮から、川端の普通は先よりも近く感じられた。

ふと隣に目をやれば、そこには娘の顔《かんばせ》がある。行き交う光を一心に追うその横顔を、少年は綺麗《きれい》だなと思った。

第一章　梅蕾《つぼ》む

縁側にごろりと転げ、見るともなしに梅を見ている。

景久《かげひさ》の視線の先にある梅は、佐々木《ささき》家において、「おふくろ様の木」と呼び習わされるものだ。名にし負う通り、景久の母の輿《こし》入れの折に植えられた白梅である。

父である佐々木清兵衛《せいべえ》はこの木を大層愛し、たびたび植木屋を呼ぶ他、自身での手入れも怠らない。その甲斐《かい》あってか、梅はさして広くもない庭にしっかと根を張り、年ごとに美しく花を披露《ひろう》している。

妹を産んですぐ見罷《みまか》った母の面影を宿して、梅は佐々木の人々を見守るのだ。

——その慈愛に、果たして自分は応《こた》えられているか、どうか。

片肘をついて寝そべり、ほんのりと膨らんだ梅の蕾たちを眺めながら、景久は胸中にひとりごちた。

佐々木家は、有体《ありてい》に言うなら下級武士の柄である。元来、藩政に参画しうる身の上ではない。が、清兵衛は藩侯の覚えめでたく、長く勘定方《かんじょうかた》を務める逸材として知られている。

勘定方と申せば生《なま》っ白《ちろ》い算盤《そろばん》侍と決め込んで侮《あなど》る向きもあるが、父は違う。江戸勤めの折に某流を目録まで修め、剣術へも造詣が深かった。藩に戻ってのちも鍛錬を怠らず、腕の古傷ゆえ往時には劣れど、今も人一倍の手並みを備えると景久は見る。藩の武芸指南役たる秋月外記《づきがいき》とも昵懇《じっこん》であり、文武両面において、家禄に拠《よ》らずして一目置かれる人物であった。

現在佐々木家が得る風評は、清兵衛が一代にして築き上げたものと述べて間違いがない。

絵に描いたような勤勉、実直ぶりから役目一筋と思われがちな清兵衛であるが、実像はこれと大きく異なる。

名もない一藩士から今日《こんにち》の立ち位置を得たこの立身が、想い合う相手——つまりは景久の母だ——のためだったとは、親しい者の語るところだ。身分違いの恋を成就すべく克己して大成し、見事惚《ほ》れた女と添うたのが父なのだ。

なんともできすぎた話ではあるが、景久の妹の名は初名《はつな》という。名づけが梅の異名たる初名草に由来するのは明白で、庭木の件と併せ、亡母が父の恋女房であったことは疑いようのないところだろう。

この情熱的な逸話までをも含め、佐々木清兵衛は一廉《ひとかど》の仁《じん》として周知されていた。

その影をどっぷり被る息子の側からしてみれば、少々煙たい父である。

何しろ景久の行いは、一から十まで、清兵衛のそれと比較されてしまう。幼い時分はまだよかったが、長じて城勤めに上がるようになってからは、人の目がますます煩《うるさ》い。

そのせいで、というわけではないのだが、景久はいまだ無役《むやく》の身の上であった。

江戸に幕府が開かれてより既に長く、世は泰平を謳歌《おうか》している。争乱は久しく遠く、武家といえども実戦を知らぬ者がほとんどだ。だが諸藩は、一朝事あらばすぐさま軍を起こせるだけの侍を召し抱え続けていた。

なぜならば徳川家《とくせん》を頂点とする幕藩体制は、武力を基盤に成立したものであるからだ。建前上、常に戦《いくさ》のための兵力を確保しておく必要があった。

無論、これらの人員は平時には過剰だ。

全ての武士に回す職務などなく、ゆえに御辻においても、役に就かぬ者は三日勤めが基本となっていた。これは一日の当番ののち、二日の休みが与えられる勤務形式である。当番の者も、実のところ半日で帰宅するのが常態だった。要するに、人が余っているのだ。御辻がごとき小藩にあって城内に役職を賜《たまわ》る者など、藩士のごくごく一部である。

だがだからこそ、心ある者、栄達を望む者は、書に親しみ弓馬に励むことに余暇を当てる。それは武士《もののふ》の本分であり、我と我が身を研磨して認められ、役を得て世に己の才覚を問うは男子の本懐であるからだ。

とするならば、縁側の陽だまりに転げて梅を眺める景久など、侍の風上にも置けぬ存在と言えよう。

だが。

――真っ当な侍なぞ、今日日どこにいるものか。

そも武芸などと言い飾ったところで、それは所詮暴力である。この平和な時代の一体どこに、そんなものを活かす場があろうか。

たとえば、これを象徴するのが無礼討ちだ。

武士階級が他者より耐えがたき恥辱を受けた際、それを施した相手を斬り捨てるを許す殺人特権である。無論、これは無辜《むこ》の殺害を許す法ではない。斬った側は公儀に届け出を行い、仕業を正当と認められねばならなかった。不当な行為と見做《みな》された場合は、侍であろうと罪に問われる。

あくまでやむにやまれぬ折の窮余として認められた手段であり、手続きの煩雑《はんざつ》さもあって、この特権を無暗に振り回す武士はない。

近頃ではこうした事情が知れ渡り、図に乗った町人ばらが、度胸試しと称してあえて侍に無礼を働くことすらあった。侮辱を行い見逃され、その上で、「某家のなにがしを嘲弄《ちょうろう》したが斬り捨てられなかった」と武勇伝めかして吹聴してのけるわけである。愚挙が報《むく》いて家族もろともなで斬りにされた例とてあるのだが、明日は我が身と思わぬのが人の愚かさであろう。

さておき、この特権は武士に似ると景久は思う。侍に似、刀に似る。めったに抜かれるべきではなく、だが長く抜かずにおいたがためにいつ抜くべきかわからなくなってしまった。そんな代物《しろもの》である。

言ってしまえば、時代に遅れているのだ。

武を、暴力を生業とする階級など、もう世は必要としない。ならばその一員たる自分が、ひねもす懈怠《けたい》してなんの悪いことがあろう。

そう居直ってから仰向けに転げ、景久は「まあ、逃げ口上だなあ」と嘆息した。

理屈をつけて武を益体《やくたい》もなしと断じたところで、景久には文の方の才覚もない。そもそもからして彼は生来、世渡りが上手くないのだ。渉外の力を欠いている。

これは各所より声がかりを受けつつも、あえて派閥に属さず中立を貫いてみせる父とはまったく異なる性質であった。

景久の胸には、どうにも素直で正直な部分が横たわっている。こう述べれば美徳めいて聞こえる性質だが、その実、納得できぬことを納得できぬとそのまま顔に出すだけのことだ。

誰しもが一物を抱えつつ、それをぶつけ合わぬよう歯に衣《きぬ》を着せるのが世間である。双方ともが半歩ずつを譲り合い、一歩の余地を作ることを基盤としていると言えよう。

上意下達を旨とし、大の虫のために小の虫を殺すのが、政《まつりごと》であり組織だ。自らの行いを完全な善ではないと承知の上で、清濁《せいだく》を併せ呑むを必須とする。

なぜなら個々の心情に寄り添い斟酌《しんしゃく》していては、大鉈《おおなた》の振るいようもない。強権をもって実行し、一定期間維持することで初めて政策の効果は現れる。

が、景久は大きく全き善を、盲目的に信奉していた。

外見《そとみ》に怠惰《たいだ》でありながら、そうした善いものの露払いを務めたいと、優しいものの手伝いをしたいと、内で願う気質を彼はしていた。

個としてならば、美点ともなろう特性である。けれど政治においては顕著なる短所だった。浅慮で他人の善性ばかりを信じる景久のありようは、理想を追い求める硬骨では決してない。単に愛民に煩《わずら》わされる愚者である。

長じるにつれ、さすがの彼も曖昧《あいまい》な笑みに真意を包み隠すほどの処世は覚えた。しかし、所詮はその程度だ。

斯様な男に、政の渦が泳げるはずもない。そこは下を蔑《さげす》み上を羨《うらや》み、しかしそれを影すら見せずに足を引き合う魑魅魍魎《ちみもうりょう》の住処《すみか》である。

景久の出仕に際し、藩侯は清兵衛に問うたという。

『そなたの子を、なんの役に就けたい』と。

対して清兵衛はただ一言、否と答えた。

これを親子の確執と見る者もあるが、断じてそうではないことを景久は知っている。今は会話の多からぬ彼と清兵衛だが、景久が父の情愛を疑ったためしは一度とてない。

これは不出来の息子を疎《うと》んじたでも、あえて我が子を千尋《せんじん》の谷に落としたでもなく、ただ愚息の柄を理解するがゆえの配慮だと知るからだ。誰しも生まれつきの性分というものがある。それは魚に空を飛べと申しつけないのと同じことだった。

とはいえ父は斯様な世にあって、見事その名を成している。親ばかりを励ませるのは嫡男として心苦しいところであるし、大の男が自分という生き物の形を自分で掴みかねているさまなど見られたものではないとも思う。思いはするのだが、ならどうしたものか、そこから先の良い思案が、彼にはとんと浮かばない。

息を吐いて仰向けに転げ、青空を背にした梅を眺める。自然《じねん》のまま、あるがままある姿と見えるが、これも父の、人の手が入ってこその美しさだ。かつては暴れ川として知られた潮路の川も、今は水の道として藩に利を運ぶようになっている。

己もいつか、同じく他に望まれる形を感得し、それに合わせて身の丈を変えうるであろうか……

「……え！　兄上！」

益体もないことを思い巡らすうちに、いつしか微睡んでいたらしい。

呼ばわる声とともに、脇腹を蹴る小さな爪先の感触を味わって、景久は上下で睦《むつ》まじいまぶたを開く。すると視界に入ったのは、傍らにすっくと立ち、腰に手を当て見下ろすようにする妹の顔である。

「兄上」

景久が目覚めたのを確かめると、初名はもう一度呼びかけた。目だけが笑わない笑顔でにっこりと問う。

「ここで何をなさっているのです？」

窮した景久が「ああ」とも「うう」ともつかぬ呻きを上げると、妹はさらにぐいぐいと兄の腹を踏んだ。

「お答えいただけますか、兄上。ここで、何を、なさって、いるのですっ」

仕方がないと諦めて、景久はひょいと身を起こし、胡座《あぐら》の格好で座り直す。

「この時期はな、母上の梅を観ずることにしているのだよ。見ろ。今年ももう、ひとつ蕾がついている」

枝を示したのだが、妹はちらりともそちらを見ない。この寒空に花開こうとする力に感銘を受けた様子はなく、ただ頬を膨らませるばかりだ。

「嘘は駄目です。時季を問わず兄上はここに転げているではないですか。いつだって、初に踏まれてばかりではないですか」

「花、蕾のみならず、枝も幹も見応えのあるものだろう。それに美しい花は木のいずこから生じるか、それに思い馳せると大変に興が深い」

「また、そんな屁理屈ばかり」

いいですか、と童に言い聞かせる響きで言いながら、初名は景久の隣に端座《たんざ》した。

「父上と違って、兄上が算勘《さんかん》が不得手なのは知ってます。でもならばせめて、道場へは顔を出すべきでしょう。秋月先生には、大分《だいぶん》不義理をなさっているはずですよ」

「そうは言うがな、初。剣術《やっとう》で渡れる世ではもうないのだよ」

「兄上。それは剣名轟《とどろ》くお方が述べて、初めて格好がつく言葉です」

「むむ」

秋月外記の道場は、藩唯一にして最大のものである。父の縁故もあり、景久も幼少の頃より席を置いていた。が、初名が暗に指摘する通り、景久の剣技は控えめに言っても芳《かんば》しくない。

「けれどそうまで仰るなら仕方ありません。ではこれよりは学問をしましょう。そうしましょう」

「むむむ」

　初名はできた娘である。

　幼い頃から女中のよねともども、佐々木の家の台所を切り盛りしてきた。兄の贔屓目《ひいきめ》であろうが器量も大層に良い。年頃であるから、そろそろ縁談の口もかかろうというもので、世話を焼かれるばかりの景久としては良縁に恵まれてほしいところだった。

　だが過日、その胸中を伝えたところ、

『世間には順番というものがあります。兄上が早く片づいてくださらないと、初は行き遅れてしまいますよ』

　と声を立てて笑われてしまった。兄の面目は丸潰れである。

　斯くも英明な賢妹であるからして、ぽんぽんと小気味よく吐き出されるその小言は、なかなか愚兄の耳に痛い。胡座のまま、景久は叱られて項垂《うなだ》れるばかりである。

「……まあ」

　しゅんとした兄の姿に憐憫《れんびん》を覚えたわけではないだろうが、しばしの説教ののち、初名は小さく呟いて舌鋒《ぜっぽう》を収めた。

「先生の道場は、最近あまりよい噂を聞きませんからね。兄上のみならず、足の遠のいた方が多いとか」

聞き捨てならぬ話題に、景久が顔を上げた。

「その風聞、広まっておるのか」

「はい。初の耳へも入るほどに」

むしろどうしてこれほどの流布を兄上はご存じないのでしょうか、と続けられ、景久はまたよそを向く。

秋月外記は先代に剣才を見出され、養子となった人物だ。流派を継ぐなり彼が藩の武芸指南役の座を射止めたことからも、その技量は窺《うかが》い知れよう。

役目柄、藩侯と直接言葉を交わせる身である。それゆえ道場には、彼の剣技のみならず、伝手《つて》をも欲して多くの武家子弟が詰めかけていた。初期の秋月道場の隆盛はこのことに因る。

だが外記の鋭気は、道場の働きをそれのみに留めなかった。彼はさらに大きく門戸を開き、町人たちにまで指導の手を広げたのである。

士分はいずれも誇り高い。当然、町民らと同じ扱いを好まない。斯様な行いは流儀の品格を卑しめるものと誹《そし》られ、せっかくの門人が波の引くように消え失せる可能性もあった。

だが外記はあえてした。励む者には直接の指南を行い、身分を問わず競い合わせた。外記の目が光る限り、門弟らは平等であった。

刀を帯びる武士が商人農民に後《おく》れを取るのは恥である。伝手のみを求めた輩《やから》も自然稽古《けいこ》に身が入り、こうして秋月道場は藩士交流の場としての機能を保ったまま、武名においてもまた鳴り響くこととなった。

が、この剣豪も寄る年波には敵《かな》わない。

いまだ背筋はしゃんと伸び、矍鑠《かくしゃく》としているかに見える。しかしかつて五体の隅々にまで漲《みなぎ》っていた精気は陰り、近頃は病みついて直接の手解きを行うことも少なくなっていた。

こうして外記の身が弱るなり、秋月道場はたちまち政治の場と化した。

秋月の後継となる者とは、すなわち藩の武芸指南役の地位を得る者である。けれど今に至るも、外記は道統を誰に託すか明らかにしていない。ゆえに後釜を狙う門弟らは互いに角を突き合わせて派閥を作り、我こそが、我らこそが正統だと言い合いを重ねている。

身分問わずで入り交じる闊達《かったつ》な空気は失われ、己の武威を競い、稽古事の勝敗程度を遺恨《いこん》めかして道場の外に持ち出す輩まで出る始末だった。

景久の目に彼らのさまは、先生の遺骸を食い荒らすべく寄り集まった豺狼《さいろう》と映る。どちらが上だの下だの、まったくくだらないことだと唾棄《だき》せずにいられない。

景久の無沙汰《ぶさた》の理由は、およそこのようなところである。

だが彼は、これは内々のことだと考えてもいた。道場の中だけで済む面倒であり、世間に漏れ出るものではないと。誇りまみれの武士たちも、その程度の気配りはするであろうと踏んでいたのだ。けれど妹の話によれば、秋月の内憂はすっかり世に知れ渡っている。

風聞の出どころは、まず門弟の町人らだろうと推量できた。初名の言う「足の遠のいた方」である。外記の人柄を慕い、しかし侍どもの勢力争いを厭うた彼らが道場を離れ、そこかしこで愚痴《ぐち》を零《こぼ》しているとみて違いない。

景久からしてみれば、まさかの恩人の悪評である。腕を組んで梅を見上げ、低く唸った。

胸中には悔恨《かいこん》がある。

またただ、と思う。また、上手く立ち回れていない。

きな臭さを嗅ぎ取りながら、しかし景久は見て見ぬふりを決め込んだ。

行動は必ず波を伴う。動きに連れた波紋は予期せぬ先にまで広がって、思わぬ余殃《よおう》をもたらしうると知っている。だから何もしなかった。己の手には負えぬことだと、やらぬための言い訳をして面倒から逃げた。

結果生まれたのが、恩人の醜聞である。

今にして思えば己の不関与は、ただ楽に流されるばかりのありようでしかない。後難を恐れて身動きを禁じる他に、ずっとよい処世があったのではないか。そう悔いずにはおれなかった。

だが――

「兄上」

深刻に顔を顰《しか》めた景久の額を初名が小突いた。

「下手の考え休むに似たり、と申します。兄上は無駄に悩まず、そのお体を使うべきだと初は思いますよ」

「お前、言外に兄をうつけと誹ってはおらんか」

「まだ寒いのに吹きさらしの縁側で居眠りをして、それでも風邪をお召しにならない。そんな頑健な方だと敬していますす」

「……」

馬鹿は風邪を引かない。引いたことにも気づかない。そう告げるに等しいひと刺しだった。

舌戦において、やはり景久に勝ち目はないようである。

「だがまあ、その通りだ。オレは知恵が回らんからな。それは他から拝借しよう」

「はい。なんでしたら初が――」

我が意を得たりとばかりに妹が頷く。

「と、いうわけだ。お前はどうすべきと思うね、彦《ひこ》」

言いかける初名から視線を外し、景久は庭先へ呼びかけた。彼の目の先には、いつしかひとりの男が立っている。

仕立ての良い小袖に袴。こざっぱりといかにも士分らしい身なりをした彼の名を、池尾《いけのお》彦三郎《ひこさぶろう》という。景久の竹馬の友であった。

初名は気づかなかったようだが、彦三郎は大分前から、そこで兄妹のやり取りを聞いていたのだ。もちろん景久の耳は、その姿を見る以前から、馴染《なじ》んだ足音を感知している。

「いつもながら、睦まじいことだ」

「い、池尾様⁉」

笑いを噛み殺す彦三郎に、初名が跳ねるように立った。恥ずかしいところを見られたとばかりに、おろおろとしばし戸惑ったのち、八つ当たりで兄の頭をえいっと叩《はた》いて奥へと逃げる。

笑ってそれを見送ると、彦三郎は手荷物ともども、ひょいと縁側に腰を下ろした。

「こちらは団子だ。お初殿と清兵衛殿に渡してくれ」

如才なく土産《みやげ》を示し、次いで通い徳利を持ち上げて、己の顔の前で振る。ちゃぽんと中身が良い音を立てた。

「そして俺たちにはこれだ。さて、お初殿は機嫌を直して肴《さかな》をこさえてくださるかな?」

「問題ないさ。すぐに支度をはじめて、また顔を出すとも」

安請け合いめく景久の返答だが、これは根も葉もないものではない。

なにせ池尾彦三郎は、匂い立つような色男なのだ。

風采《ふうさい》がよく立ち振る舞いが涼やかで、道を歩けば年頃の娘衆から目配せされる身の上である。

初名も例に漏れずで、彦三郎が顔を見せればいつも大変に機嫌が良い。ついでに気取って澄ましてみせる。昔は一緒に泥だらけで駆け回った仲であるのに可笑《おか》しなものだとは思うが、まあ、そういうものなのだろう。


彦三郎は、永代家老たる池尾家の三男坊である。

本来ならば婿養子に出るか部屋住みとなるかの生まれなのだが、兄ふたりが夭死《ようし》して、池尾の跡継ぎ息子となった。景久との縁はそうなる以前、彦三郎がまだ気軽に遊び歩けていた頃に培《つちか》われたものである。

近習組《きんじゅぐみ》に加わり将来を嘱望《しょくぼう》される立場となっても景久との仲は変わらず、非番の折にはちょくちょくと、手土産持参で佐々木の家を訪れる。殿様の寵愛《ちょうあい》や権勢の競い合いに摩耗《まもう》すると、幼馴染と息抜きをしたくなるものらしい。

景久とてまったく気が回らぬ人間というわけではない。なので、そのような才子が自分と付き合いを続けるのはよろしくないのではないかなどと、余計を口にしたことがある。

すると彦三郎は盃を呷《あお》る手を止め、『これは存じ上げなかった』と呆れた目をした。顔立ちがよいだけに、甚く冷たい眼差しだった。

『そうか。佐々木の景久殿は、池尾の権勢を当て込んで、俺に取り入る御仁だったか』

馬鹿にするなと怒気を発しかけたところで、彦三郎がいつもの顔で笑った。

『今、馬鹿にするなと思ったろう。同じことだよ、景《かげ》。俺はお前を一廉のものと見込んでいる。だが決して、その才を当て込んで友誼《ゆうぎ》を結んだではないぞ』

交友に家も身分も関わりあるまい。好くにしろ嫌うにしろ、俺自身を相手取れ。

そう告げられたのだと悟り、景久は恥じた。改めて彦三郎との繋がりを深甚《しんじん》に思い、以来、景久が彦三郎に対してこの種の気遣いをすることはない。

「で、今日はどうしたね。またぞろ面倒でも起きたか」

代わりに彼の顔が浮かなければ、斯様に問うことにしていた。

聞いて知恵を出してはやれぬが、人に話せば胸の整理がつくこともある。愚痴とて漏らせば身も軽くなる。道端の地蔵のように訴えに耳を傾けて、せめて友の心地を楽にしてやろうという思案だった。

「ああ。この頃、鷹の羽《は》組なる押し込み一党が蠢動《しゅんどう》していてな」

頭の回る彦三郎であるから、景久のそうした慮《おもんぱか》りはお見通しなのだろう。水を向ければすぐさま乗った。

「お前のところに話が持ち込まれるのだ、ただの盗人《ぬすっと》ではないのだろう？」

「困ったことにその通りさ。部屋住みの者を使嗾《しそう》して悪さの手引きをさせるのだよ。手口は割れているのだが、盗人を助《す》けた者など家名の泥だからな。どこもかしこも庇《かば》い立て、隠し立てをして調べが進まんのだ」

次男以下の男性である部屋住みには、家を継げる当てがない。嫡子に凶事が生ずるか、当人が格別の才覚を持つでもない限り、待ち受けるのは飼い殺しの未来である。ゆえに多くが先行きに不安と不満を覚え、その焦燥《しょうそう》から無軌道で短絡な振る舞いをすることがあった。

彦三郎の語る盗人ばらは、こうした心につけ込むやり方を知悉《ちしつ》しているのだろう。加害者になったにしろ、被害者になったにしろ、家々が我が子と我が名を庇って口を噤むことも織り込み済みと思われた。

「おまけにこやつら、借金の証文を破り、盗金の一部をばら撒いて義賊面をして見せるのだ。見え透いた偽善だが、上辺に騙《だま》され、味方をする庶民があるのだから手に負えん」

気が高ぶってか、らしからぬ早口で、しかも、と彦三郎は続ける。

「これまでは江戸働きをしていたこの一味だが、厳しくなった詮議を避けてか、地方に稼ぎ場を移さんとするようだ。我が領内でも既に同じ手口の仕業が見られ、藩としても備えるべきであるのだが、こちらは役目の擦《なす》り合い、恥の晒し合いで困ったものだ。縄張り意識と保身が先だって、誰がどう探索するかも決まらぬざまさ」

とにもかくにものどかが藩風であるから、凶事に対して腰が重い。悪く言うなら危機を察する感覚が鈍いのだ。

苦く吐き捨ててから、彦三郎は強張った己の頬を撫でた。

「いっそ俺がもうひとりふたりいれば、事は早いのだがな」

豪語してから含羞《がんしゅう》のように目を細める。

「まあ実際に何から何まで俺一色《ひといろ》になったなら、それはそれでつまらぬ世間さ。とまれ、そうして人間に辟易すると、どうもお前の顔が見たくなる」

「気晴らしに向く面相ではなかろう」

「さて、さて。捨てたものではないと思うが」

「言うのがお前ではおだてにも聞こえん」

零す様子も絵になる友へ苦笑しつつ景久は立ち、厨《くりや》からふたりぶんの盃を持って帰る。彦三郎はそれを受け取り、通い徳利からまず景久に酒を注ぐと——

「しかしまあ、彦。案ずるは結構だが、気の回しすぎのようにも思うぞ。そのように名うての一味が、こうも鄙《ひな》びた藩に目をつけるものかね。世の中、そう悪いことばかりは起こらんよ」

「それが道理ではあるのだが……」

思うところがあるものか、一応同意は示したものの、彦三郎の顔は晴れない。が、時を置かず彼は頭《かぶり》を振って、からりと笑った。

「ま、ここまでだな。この話は肴に向くまい」

続けて自らの猪口《ちょこ》を満たし、梅へ掲げてから口に含んだ。合わせて景久も酒盃を乾《ほ》す。しばし黙したままで酌み交わした。

「もう、蕾をつけているな」

やがて、彦三郎がぽつり呟く。

「まだひとつきりさ」

「目に見えるのがそれのみであっても、木の内には花の準備が整っている。咲きはじめれば、あっという間だ」

「かもしれん」

ふっと鼻先を梅の香《か》が掠めた気がして、景久がわずかに笑んだ。

「父上の自慢の梅だ。咲いたら、今年も花見に来るといい」

「ああ。そうさせてもらおう」

頷いた彦三郎が鼻を蠢《うごめ》かせる。

「目刺かな」

「うむ。初が焼いていた」

友人が感知したのは幻想の梅の香ならず、焼き魚の匂いであった。通じているような通じていないような塩梅《あんばい》がどこか可笑しく、景久はまたふふんと笑う。

「先の、道場の話だが」

初名が戻る前に済ましてしまおうとばかりに、彦三郎が切り出した。

「ここへ来る前に訪《おとな》ってきた」

「そうか」

「先生は、小さくなられたな」

「……ああ」

彦三郎の父たる池尾新之丞《しんのじょう》は、文よりも武に秀でた人物である。祭り上げられ時流に乗れば英傑として世に知られうる人物であり、しかしその剛毅のぶんだけ他者との衝突が多い。

彦三郎はそれを悪い手本と見たかのように、穏やかで柔和な柄をしていた。知が働き、風貌涼やかにして弁舌爽やかな才子である。

が、剣才ばかりは持ち合わせず、文に優《すぐ》れるこの性質を、新之丞は柔弱と見た。

この種の気質を持つ人間にはよくあることだが、新之丞は己の判断を疑うことを知らない。夭折《ようせつ》した彦三郎の兄ふたりが揃って武の天稟《てんぴん》を持っていたのも悪かったのだろう。

新之丞は彦三郎の惰弱を度しがたいものと断じ、兄ふたりと同じく、幼い時分より秋月の道場に放り込んだ。手ずから鍛え上げようとしなかったのは、教育の最中に癇癪《かんしゃく》を発しかねない、自身の気質への理解からと思われる。

だがいかに秋月外記といえども、生来の気質を容易に転換できるものではなかった。彦三郎の剣の芽は煎《い》られた種のように出ず、今に至るも景久と、道場の末席を争うようなありさまである。

息子の不出来に新之丞は憤慨したが、外記の宥《なだ》めと世人の彦三郎への高評があり、当座は怒りを収める様子だった。

実の父はさておき、外記はこの出来の悪い弟子をも愛した。剣はからきしだが広く筋の通った物の見方をすると、彦三郎を藩侯に推したのも秋月外記に他ならない。つまるところ彦三郎にとっても、外記は剣の師のみならず恩人であるのだ。

だからこそ彼らにとって、決して追いつけぬと見えたその背が、細く小さくなった衝撃は深いものだった。

昇った陽が必ず沈むとは誰もが知ることだ。けれど知識としてあるのと体感したのとでは、その感触は大きく異なる。

たとえば人は、家族をはじめとした親類縁者の死を想定しながら暮らさない。ただ茫漠《ぼうばく》と証《あか》しもなしに、彼らの永遠不朽を信じている。ゆえにそれが訪れたとき、人は不意を打たれて立ち竦《すく》むのだ。

外記の衰えは年若い景久らに斯様な世の理《ことわり》を見せつけて、その硬度を疑わずにいた大地の危うさを改めて気づかせたのである。

「いい知恵はないかな、彦」

「厳しいな」

景久の言葉は、せめて道場の悪評を払拭《ふっしょく》したいとの意を含んだものだ。同時に、それが叶えば時の流れをさかしまとし、不変を取り戻せると縋《すが》るような響きもあった。しかし、応じる彦三郎の返答は苦い。

「欲得ずくで人間を説得することはできる。だがそれは行動の方向性を誘導する程度のことだ。ああまで欲の皮を突っ張らせた連中に、もう効能はないだろう。虎視眈々《こしたんたん》と先生の後釜を狙うのは、そこに大きな利益を見るからだ。餌に目が眩《くら》んだ魚を、横から釣り上げるのは難しい」

「どうにかならんものかなあ」

「どうにかできればよいのだがな」

嘆息して、彦三郎は景久を見た。

「とまれ、お前もそのうち道場へ行け。先生が顔を懐かしんでいたぞ」

「そうか」

会うのはいいが、会ってどういう話をすればよいのか。そうした見当が、景久にはさっぱりつかない。

「まあ、足を向けたくない気持ちはわかる。赤森《あかもり》もいることだしな」

その戸惑いを逡巡《しゅんじゅん》と見て、彦三郎が訳知り顔に頷いた。

赤森嘉兵衛《かへえ》とは、景久らと同年代の門弟のひとりである。体躯に優れ、上段からの火を吹くような押し込みを得手とする、秋月でも五指に含まれる剣士だった。

「あやつが、どうかしたのか」

唐突に出た名に、景久は怪訝な顔をする。と、己の勘違いを悟った彦三郎が苦笑した。

「本気で言っているのだから、赤森も報われんな。あれは昔のこともあって、お前を毛嫌いしているだろう。以前からよく突っかかられていたはずだ」

「俺のような小物へ、絡まずともよかろうに」

はてそんな過去があったろうかと思いつつ、景久は返す。

落ちこぼれながら外記に可愛《かわい》がられるふたりへ、敵意を向ける者は少なくない。依怙《えこ》の沙汰《さた》と思うのであろう。だが師には敵意を向けられず、藩の大身《たいしん》たる彦三郎には逆らえず、景久へ妬《ねた》み嫉《そね》みの御鉢は回る。昔からよくある巡りゆえ、特に気にも留めていなかった。

彦三郎は親友の表情を読み解くと、やれやれと頭《かぶり》を振った。

「俺はお前を大したものだと思ってはいる。だが、お前のそういうところへは苦言を呈《てい》さねばならんとも思う」

じっと見据えてから、真摯《しんし》に告げる。

「悪い癖だぞ、景。お前はすぐに言葉を惜しむ。己の腹を語らず、誤解を受けようとも低く見られようとも気に留めない。それは対話と相互理解の機を逸《いっ》しているということだよ」

「むむむ」

「言わずともわかってくれるは甘えさ。世間は俺やお初殿ばかりではない。お前は今少し、人間を見るべきだ」

しかし面倒ではないか、と口に出しかけ、景久は自重した。良薬は口に苦く、忠言は耳に痛いものだ。容れるべきことであろう。

「清兵衛殿は、お前をそのままにするために無役を提言したのではない。世の中にお前を慣れさせるために、そこから前へ進ませるために、あえてしたのだと俺は見ている。このままでは、いささかならずもったいない」

「買い被りだ」

景久は肩を竦め、首を振った。

「おだてられれば気分はいいが、オレはそこまでの人間ではないさ」

剽《ひょう》げた仕草と物言いだが、そこには確かな拗《す》ねがある。妹の屈託のない明るさも、親友の男ぶりも、景久の劣等感を甚く刺激してやまないものだ。

「良薬は口に苦く、忠言は耳に痛いものさ。そら、百薬の長で濯いでおけ」

最前の景久の肚《はら》を見透かす微笑で、彦三郎は酒を注ぎ、それで話をさらりと仕舞いにした。

一朝一夕で人が変わるものではないと思うし、景久の事情を承知するからでもある。

そうして生じた会話の一拍に――

「先ほどは、不調法をいたしました」

初名の声が割り込んだ。よどみない所作で端座すると、手にした皿を一旦置いて、彦三郎に一礼をする。それからしずしずと、過剰なほど淑《しと》やかに目刺をそれぞれの前に配した。

実に気取って甲斐甲斐しい兄相手には決して出ない振る舞いである。堪りかねて景久が失笑し、じろりと初名に睨まれた。仲の良い兄妹の眺めを肴に、彦三郎が杯を仰ぐ。

青空を負う庭梅が、そっと三人を見守っていた。


彦三郎とのやり取りを経て、翌日。景久の姿は秋月道場のうちにあった。

外記の私邸は、道場と同じ塀の内に建てられている。庭を挟んですぐの位置に修練場があり、門弟たちは道場奥の神棚と外記とに見守られる形で稽古に励むのだ。

逆に言えば外記のもとへの来客は、門下生の目にも明らかとなる。

だから景久は人の多い刻限を避け、あえて夕暮れの頃、忍ぶように師を訪った。竹刀を打ち合う音こそないが、それでも武者溜まりに幾名かの気配がある。景久の姿を認める者もあったろう。が、尋常の門弟は外記を敬して、あるいは恐れて私邸の傍には近づかない。

外記と縁深い景久にとって、この家は勝手知ったるものだ。一度入ってしまえばこちらのものとばかりに滑り入り、案内も請わずにするすると行く。どうせ師は、庭を歩く自分に気づいているだろうと決め込んでの振る舞いだった。

「よく来たな、不義理者めが」

外記の私室の前に立てば案の定、声をかけるより先に憎まれ口が飛来する。「申し訳ありません」と反射的に頭を下げてから、景久は苦笑して、閉じたままの襖《ふすま》を開けた。

「……ご無沙汰しております、先生」

すぐに挨拶《あいさつ》を紡げなかったのは、床《とこ》の上で半身を起こす外記の肩が、以前よりもさらに細く、衰えて見えたからだ。

景久の怯《ひる》みを察し、師は不快げに鼻を鳴らす。

「手土産はなしか。彦三郎は銘酒を下げて来たぞ」

「先生のお体に障りましょうから、あえて控えて手ぶらで参りました」

「抜かしよる」

ふんと笑って、彼は弟子を手招いた。

拗ねたような言動をする師であるが、無論これは戯《じゃ》れだ。佐々木と秋月の付き合いは家族ぐるみで深い。初などはこの老人に、本物の孫のように可愛がられている。

「まあ座れ。面《つら》を見せろ」

「はい」

指図されるがままに、景久は図体を床の隣へと置いた。この老人は父の知己であるのみならず、幼い時分より景久の世話を焼いてくれてもいる。いわばむつきを変えてくれた相手であるから、言いつけには全面服従の他にないのだ。

「で、どうだ」

「いけませんな」

「城か、それとも道場か」

「どちらもです。城中では己の至らなさを痛感するばかり。道場では、己の力を思い知るばかりです」

「困ったものだな」

「いやはや、まったく」

難儀な世間だと同意を示すと、「馬鹿たれが」と間髪をいれず拳骨が来た。

「おれが言うのはおまえの気質よ」

殴った拳を撫でながら、嘆息のように外記が呟く。

「梅明かりはどうだ。少しは役立っておるか」

「はい。未熟ゆえ至りませんが、それでもお陰で、大過なく暮らせております」

何気《なにげ》ないようなやり取りであったが、秋月道場の者が耳にしたなら息を呑んだことだろう。

梅明かり。

ふと出たその名は、秋月の秘剣。藩侯の御前で、外記が先の武芸指南役を降《くだ》した折に会得したという秘奥の呼称であるからだ。

天地万物、あらゆるものの動き出しは、必ずなにがしかの前兆を伴う。当然、人もこの理に外れない。いかなる武芸者も動作を起こす前に、きっと五体に予兆を現す。

梅明かりとは、この兆《きざ》しを読み解く観法であった。わずかに漏れ出る気配未満の気配を嗅ぎ取り、立ち上る一瞬の揺らぎから数手先の未来を予測するのだ。

――梅の花開く音を聞け。

秋月の門を叩いた者は、まずそのように説かれる。

夜に佇む白梅は、自ずからほの光って花の在り処と形を報《しら》せる。そのありさまを見取ったならば、後はそこへ現れる開花に応じればよい、と。

五感いずれかでは捉えきれぬ一に満たぬ兆しを、その全てを動員し、合算することで一以上に知覚する。耳《じ》、鼻《び》、眼《がん》のみならず、敵意を肌に感じ、殺気を舌に味わう。

いまだ花開かぬ剣を事前に見切り、先の先を取って制する——これこそが梅明かりの要諦にして境地であった。

言うなれば心を盗み聞く覚《さと》りの技であり、性質上、相手について知れば知るほど推察は深く早く正確となる。

もし仮にこの読解を百戦百勝の域にまで高められたのならば、それは敵手を理解しきったということだ。さすれば争いの種の所在は明らかとなり、言葉による説諭もまた叶おう。

梅明かりとは対峙する者の行動一切を封ずる鏖殺《おうさつ》の剣であると同時に、そうした偃武《えんぶ》の顔をも備える剣であった。

実に外記らしい剣だと景久は思う。

特に、その名づけがよい。

剣人と聞けば粗暴な人種と思われがちだが、意外や外記は草花を好む。

自ら手掛けはせぬが、清兵衛と梅の枝ぶりについて語らうことも以前には多々あった。どうやら彼も梅花《ばいか》に、過去の女《ひと》の残像を抱くらしい。両者の縁も、あるいはそこより生じたものであろうか。

師の胸中を、殊更暴き立てようとは景久は考えない。だが、益体もない憶測はする。たとえば師はひとり身を貫くが、そうさせるだけの恋があったのだろう、と。

外記の気質からして、恋慕の相手を手折らなかったということはあるまい。ならばそこには幸福と永訣《えいけつ》とが横たわっているはずだ。

そうして到達した人生の集大成に、我が剣の至りに、梅の名を冠する。それは外記にとってその女性がしるべの花――暗夜に淡く花明かりを灯し、道を教える花であったことの証左と言えよう。今の外記へは、その人なしでは決して辿り着けぬのだ。

彼女は死に、而《しこう》して生き続けている。

所詮は景久の空想である。あるが、酒を嗜《たしな》む師が見せる時折の寂寞《せきばく》を眺むれば、決して的外れではなかろう。

初名が毎年、おふくろ様の梅の実で梅酒を仕込んでは道場へ持ち運ぶさまを、同じく外記から寂しさを嗅ぎ取った妹なりの気遣いと見るのは兄の欲目ばかりではあるまい。

あるいは梅の香を帯びた酒を舐め、あるいは酒精を吸った梅の実を齧《かじ》り、古い記憶を虚静たる酔いに変えて腹の底にしまい込む外記の作法を、景久はやはりらしいものとして敬慕している。

父と師のそうした背を見て育《はぐく》まれたこの心が、自身もいつか誰かへ道を教える花になりたいと景久に願わせたはじめであった……

「おれとしちゃア、よ」

斯様な弟子の感傷を知ってか知らずか、外記が伝法に口を開いた。

「おまえが継いでくれても構わんのだぜ」

「まさか。ご存じのはずです。オレなどには無理ですよ」

「まあ、そうよな。お前はちょいと、教える側に向かねェや」

景久が梅明かりを継ぐというなら、今の道場の混迷は喜劇にすぎない。正当の後継は間違いなく彼である。だが師と弟子、双方ともに、そのつもりはないようだった。

「ですが先生が、今のあれをどうにかしたいおつもりなら」

「おれをどれだけの老いぼれに仕立てるつもりだ？　手前の尻は手前で拭くさ。餓鬼が気にすることじゃねェよ。彦の字にも、そう言っときな」

「……はい」

渋々ながら頷くと、外記はからからと笑った。

「とまれせっかく来たのだ。少し話でもしていけ。お初は息災か？　清兵衛はどうだ？　うん？」

それから外記の声に弱りが交ざりはじめるまで、景久はたわいない話を続けた。通り一遍の仲には口の重い彼だが、親しい数名相手にならば舌も回せる。だから、「夕餉《ゆうげ》を食っていけ」との誘いを断ったのは、外記の体調を案じてのことであった。

土産持参での次を約し、宵の口の闇に紛れて庭をすぎる。だが恩師との談話による良い心地が続いたのは、そこまでだった。

「これはこれは、珍しい御仁の御出座《ごしゅつざ》じゃあないか」

道へ抜けた景久の顔に、隠さぬ悪意を含んで呼びかける者がある。のそりと月の下に立ちはだかるは、赤森嘉兵衛の巨躯であった。

「これはこれは佐々木殿。随分と無沙汰だったたな」

「会わなかったそのぶんだけ、稽古をつけてやらねばなるまい」

追従《ついじゅう》して、後背の武者溜まりからも雨足九郎《あまたりくろう》の長身と、海綱国重《うみつなくにしげ》のずんぐりした五体が姿を見せる。面倒な連中に出くわしたものだと、景久は顔を顰《しの》めた。

赤森嘉兵衛は剣名の高い男だ。その苛烈な攻めを凌げる者は秋月道場のみならず藩内でも五人とあるまい。外記の後釜を狙い、狭い道場で群雄割拠を気取る派閥の中でも一等の使い手と言えば、その力量も知れよう。

だが過度に人を見下す彼の性分は、稽古事において必要以上の打突を加える加虐的な性質は、多くには好まれなかった。弱い者、劣る者、そのように己が見做す者には何をしても構わぬのだと決め込んでいる節がある。外記が健やかなれば、決して幅を利かせられなかった男であるのも、また確かなことだった。

雨足と海綱は、その腰巾着である。

赤森を支持するのは、武家の部屋住みたちだ。彼は赤森家の嫡男である。が、その家柄は半農に近く、出世の目はなかった。彼の内に渦巻く不満は部屋住みどもによほど近く、自然その束ねの地位に就いている。

赤森についてゆけば、生涯飼い殺される未来から逃れられるやもしれぬ。栄達が得られるやもしれぬ。斯様な縋り頼り仰ぎ見る視線が、傲慢《ごうまん》なる赤森嘉兵衛の質を形作ったことは間違いがない。

両名はそんな中でも一際の剣腕を持ち、同時に小賢しい知恵が回る類だった。赤森嘉兵衛を悪く支えるのが彼らであり、諂《へつら》いの舌で生きる小判鮫《こばんざめ》との評すらもある。

身内を除く人間への好悪が薄い景久であるが、顔を合わせて嬉しい相手では到底ない。が、尻をからげて逃げ去ろうと動かしかけた足を、耳に蘇った声が引き留めた。

――お前は今少し、人間を見るべきだ。

いつまでも嫌だ嫌だ面倒だがまかり通る世ではない。疎ましい相手であろうと正対し、理解することも必要なのだろう。さすれば彦三郎のように、良い知恵が湧くようにもなるやもしれぬ。

「もう帰りだ。退《の》いてくれんかな。この時分に稽古もあるまい」

思いはするが、やはり景久の顔は正直だ。億劫《おっくう》な心地が言葉に滲む。そして無論、これを赤森は容れない。

「つれないことを言うな。こちらには聞いておきたいことがある」

彼の言いに合わせるように、阿諛《あゆ》の笑みで雨足らが景久を囲んだ。

「オレのような末席に、どんな尋ねがあるのかね？」

「決まっておろう。先生と、何を話した」

剣において劣等でありながら、外記の気に入りが景久だ。秋月の私邸にその姿を見つけた彼らは、師弟の密談の中身を聞き出す心算《しんさん》なのだろう。後継を巡るに有利な情報は何ひとつも聞き逃すまいという姿勢で、ある意味勤勉なことである。

が、いずれの顔にも浮かぶ嫌な表情は、勤勉さのみに基づくものでは決してない。

自分より下の相手を、稽古に託《かこつ》けて嬲《なぶ》ろうという魂胆が見え透いていた。

人が集って群れを成し、勢力を強めたとする。すると必ずその集団は、周囲の弱い群れに対し、当然の権利のように酷薄をするのだ。人というものの残忍さがそこにある。

胡座をかいているのだなあと、景久としては呆れる他ない。

「貴殿らの気にすることは、ひとつとてないよ」

言い捨てて押し通ろうとするその肩を、不躾《ぶしつけ》に赤森が掴んだ。

「急くな、と言っている」

「こちらは退けと言っているのだがなあ」

剣呑《けんのん》な視線が絡み合う。思わぬ眼光の鋭さに赤森はわずかに気圧され、しかし衆を頼みに言葉を重ねた。

「まずは聞け。貴様をうちに迎えてやろうというのだ。いい話だろう?」

「うん……?」

脈絡を見失い、景久は目を瞬《しばたた》かせた。そのどのあたりが「いい話」なのか、景久にはさっぱりわからない。

「佐々木殿は先生の気に入りだからな。よそに取り込まれて、余計な振る舞いをされては面倒ということだ」

「逆にそうでもなければ、貴様など誰にも必要とされまい。我らの下につけることを光栄に思え」

「もちろん、なんの働きも期待しておらん。よって何もせずともよい。それでも赤森殿が道場を継いだ暁《あかつき》には、上席を用意してやろうというのだ。ありがたいことだろう?」

赤森らにしてみれば、外記の気に入りを取り込むことで地盤を固め、その報奨として道場内の地位を保証するという交渉のつもりであるらしい。彼らにとって、道場とはそれほどに価値のあるものなのだろう。

だからこそ、何を言っているのだと景久は思う。

秋月の道場を至上とするならば、まず現状を改めるのが先決だ。門弟の不行状がもたらすのは、すなわち世間よりの信頼の喪失である。このまま悪評が広まれば、今は病身ゆえ一時休養となっている武芸指南役の地位とて辞さざるをえなくなろう。

赤森らは、そうしたことを理解していない。

今とて道場の門前で起きている騒擾《そうじょう》に、町人たちが遠巻きに、非難の目を注いでいる。「また秋月か」と言わんばかりのその視線がやがて何をもたらすか、まるで察していないのだ。

自ら大きなものを作り上げる気概はなく、それでいて人の築いた山を羨み妬み、横から攫って我が物にせんと目論む。部屋住みの後のなさには同情するが、なんとも好ましからざる生きざまだった。

「それにしても、秋月先生には困ったものだ」

「うむ。腕前を鑑《かんが》みれば赤森殿が図抜けている。後を任すは他にないというのにな」

「歳を取ると栄華にしがみつきたくなるというぞ。道は後進に譲るべきだろうに。なあ？」

「なんだ？　物言いたげではないか。ではそのあたり、道場で聞かせてもらおう」

　景久の黙考を迷いと見たか。

　煽《あお》るように言い交わしながら、雨足と海綱が左右から腕を取った。力ずくで道場へ引き戻そうという構えである。己を過信する自信の臭気を漂わせる仕業だった。強情を張る景久を叩きのめし、無理やりにでも従わせようというのだ。腕の一、二本なら事故で済むとでも考えるのだろう。

　が、景久は根が生えたように動かない。

　両名の顔に当惑が浮かび、それを感知した赤森がぐいと強く肩を押す。しかし、それでも景久はびくともしない。力む様子すらない彼を、三人がかりで動かすが叶わない。

　怪力をもって鳴る海綱が顔を真っ赤に踏ん張ったところで——

「ああ、思い出した」

　唐突に、景久が晴れやかな声を上げた。

「ようやく思い出したぞ、赤森。貴殿、始終初名にちょっかいをかけていたあの餓鬼か」

これは彦三郎に苦言を呈されても仕方がないことだったと、景久は強く自省する。まったく、我が友はいつも正しくて困ったものだ。

にしても、いやはやまさか赤森嘉兵衛が、旧知の悪たれであったとは。嫌な奴だとろくすっぽ顔を拝まずにきたから、少しも悟れぬままでいた。

「だがしかし、あの頃はそもそも名を知らなかったのだ。加えてそう、貴殿の面差しも大分大人びた……と、思う。これは気づかなくとも仕方あるまい」

気づきの快哉《かいさい》と続く言い訳めいた口は、景久が赤森を歯牙にもかけぬことの何よりの証左である。三人はしばし唖然《あぜん》とし、一瞬早く我に返った赤森が、真っ先に激高した。

「貴様――!」

「これは赤森様。いつもお世話になっております」

胸倉を掴み一触即発となったそこへ割り入ったのは、涼しげな音吐《おんと》である。密やかな声量ながらもしかと耳を打つ、それは女人の響きをしていた。

意外な割り込みに見やれば、いたのはひとりの町娘だった。

歳の頃は、景久らとそう変わらない。夜目にも抜けるような肌の白さが目を引いた。日焼けせず、作法を学んだであろうしゃんとした立ち姿。簡素ながらもよい生地と仕立ての装いから、乳母日傘《おんばひがさ》で育つような、大店《おおだな》の縁者と思われる。そんな娘が、遠巻きの群衆の中から、何ゆえか歩み寄ってきていたのだ。

呼びかけからすれば、赤森の知人であるらしい。はてさてと反応を窺うと、景久の肩を離して振り向いた彼は一瞬の怯みを見せた。応じるように娘は、改めて恭《うやうや》しく頭を下げる。慇《いん》懃《ぎん》な一礼の折に晒された、夜目に眩い首筋の白さが目に残った。

「貴様は、向野《こうの》屋の……」

「はい」

静かな面立ちに微笑みを作ると、彼女は頷いた。

「この頃はお見限りゆえ、少々案じておりました。ご健勝を拝せて何よりの心持ちにございます」

痛いところを突かれたらしく、赤森が嫌な顔をした。

向野屋といえば城下で知れた金貸しである。言葉遣いは丁寧ながらこの娘、金を借りて返さぬまま無沙汰を暗に告げ、赤森をちくりと刺したのだ。

武士は食わねど高楊枝、などという言葉からも知れる通り、古来士分は銭扱いを卑しいものとする向きがある。傅役《もりやく》が銭を汚物の中に投げ捨てて見せ、幼い主君に金勘定の浅ましさを説いた、などという逸話もあるほどだ。この気風に属し、算術に暗い侍は今も多い。

だが金と首がなければ回らぬのが世の中である。清いだけでは食い繋げぬのだ。

それで武士たちはしばしば借財をする。手元不如意の彼らに金子《きんす》を用立てるのが、御辻藩においては向野屋であった。その気になれば二本差しに、髭《ひげ》の塵《ちり》を払わせることも叶う身の上である。

が、どうやらこの娘は家の権勢を笠に着て出張ってきたのではないようだった。面《おもて》には冷静な知性を貼りつけて、声には少しの震えもない。けれど小さな手のひらが、ぎゅっと固く、拳の形に握り締められていた。そこに景久は不安と恐れの色を察する。

つまるところ彼女は景久の状況を危うしと見、勇を鼓して割り入ってくれたのだ。

その義侠心が、景久にふっと笑みを浮かばせた。続けて小さく身動《みじろ》ぎすれば、一体どこをどうしたものか、雨足と海綱の手が揃って外れた。両名が意外の声を漏らしたのは、この解放が彼らの意に拠らないことであったからだ。

そのまま、背を見せた格好の赤森の脇をすいと抜け、景久は娘と三人の間に立った。

悪い意味で武士としての気位《きぐらい》を必要以上に持ち合わせる連中である。いつどう激発し、この華奢《きゃしゃ》な娘に害を及ぼさぬとも限らない。守り、妨げるための位置取りであった。

「雨足様、海綱様におかれましても、お久しぶりです」

景久の意を敏《さと》くも察し、彼女は小さな会釈を寄越す。そうして彼の動きを追おうとした両名へも礼をして、その動きを制してのける。

「御三方《おさんかた》とも、どうぞご返済はお気になさらず。以前のように足繁くお運びくだされば、向野屋はありがたく存じます」

周囲にも聞こえるようにはっきりと述べてから、さも今気づいたかのように、「失礼しました」と己の口を手で塞いだ。

「往来で私のような者と長らく話し込んでは、御三方の醜聞ともなりかねませんね。振る舞いを勘繰られ、痛くもない腹を探られるのはつまらぬことですから」

明らかにここまでの騒ぎを論《あげつら》う物言いだが、面目を失した赤森らは唸るばかりだ。嫋《たお》やかな微笑が、何もかもを封じてしまった格好である。

今更ながら周囲の視線も感知して、三人は居心地悪げに顔を見合わせた。

「また、日を改める。覚えておれよ、佐々木」

憎々しげに赤森が吐き捨て、恫喝《どうかつ》の視線で見渡してから道場の内へと引っ込んだ。

「卑しい金の亡者め」

「金貸し風情が、気取ってくれる」

負け犬めいて吠えつつ、腰巾着らも大将の後を追う。ほほう、と感嘆の面持ちで景久は彼らの背を見送った。

金の力とは大したものだ。あれだけ気宇壮大を吐き散らした連中が、今はもう見る影もない。なるほど、金が仇と呼ばれるも道理。誰も彼もが仇との邂逅を待ち望むわけだ。藩の財政を預かる父と台所を受け持つ妹、自分がどちらにも敵わぬのは無理からぬところであったのだと景久は大きく頷く。

「人様に絡む暇《いとま》があるのなら、朝顔なり金魚なり育てればいいでしょうに」

得心《とくしん》して頷く彼の隣で、憮然《ぶぜん》と娘が独言《どくげん》をした。我慢しきれずに出た、誰にも聞こえないつもりの小声だったのだろう。が、生憎と景久は耳がいい。

どうやら顔に貼りつけた冷静と理知は、平然を取り繕《つくろ》うべく装った甲冑だったようである。だが自らを省みず居直る輩どもよりずっと、そのありさまは好ましく思われた。痛痒を覚え、反駁《はんばく》せずにいられないなら、すなわちそこは誇りの在り処ということだ。この娘は家業に自負を抱き、同時にそれを営む家族を敬愛している。

そうした心地から向けた景久の眼差しを、しかし彼女は可笑しみと受け止めたらしい。はっと気づくなり、羞恥に顔を赤くした。

「……差し出た真似をいたしました」

手櫛《てぐし》で乱れてもいない髪を撫でつけて、こほん、とひとつ咳払《せきばら》い。

強く握っていた拳をゆっくりと解くと、嫋やかな助っ人はほのかに笑んだ。赤森らに向けたものとはまるで異なる、蕾が花開くような笑顔だった。

施された温情に、満たされる心地になる。世の中は、やはり捨てたものではない。

「とんでもない。こちらこそ礼を申さねば」

正対して感謝を告げると、ようやく彼の顔を目にした娘が、驚いたように目を瞠った。

「どうかしたかね？」

「あ、いえ。いいえ、いいえ」

怪訝な面持ちになる景久へ慌てて首を振ってから、娘は立てた指をおとがいに当てつつ少し考え――

「あの……もし、よろしければですが」

問いながら、彼女はことんと童女のように首を傾げた。

「御芳名を、賜れますでしょうか」

第二章　糧《かて》と瑕《きず》

明くる日の午後も、縁側の景久は初名の足の下にいた。

無論と言うべきか、発端は景久の失言にある。

道場へ顔を出すか学問に励むかしろという常の小言に対し、『先生のところへならば昨日足を運んだばかりだ。久方ぶりにご尊顔を拝してきたぞ』と得意げに返したものだから、そこから根掘り葉掘り、昨夜の出来事を問い質《ただ》されたのだ。

今の秋月道場は相当にきな臭い。それを知る初名は、一応ながら兄の身を案じてくれたのであろう。

しかしながら景久の話が、困った輩に取り囲まれたこと、そこを通りすがりの女人に救われたことへまで及ぶともう駄目だった。

寝そべる兄の傍らに座していた彼女はやにわに立ち上がり――

「どうして！　兄上は！　そうなのですか！」

そう、声の限りに憤慨しはじめたのである。

「兄上の機転が利かぬのは、それはもう初だって弁《わきま》えてます。でもまさか、ここまでとは思いませんでした！」

ぐりぐりと景久の脇腹に体重をかけながら、初名は器用にもしなしなと顔を覆って見せた。

「助けられておいて、どうしてそのまま別れて帰ってこられるのです！　素性も訊かない、送りもしない、本当にもう気が回らない！　ないない尽くしの兄上ですね！　それではお礼もできないではありませんか！」

詰《なじ》りつつ、「ああ」とも「うう」ともつかぬ呼気を漏らす景久をぐいぐいと踏む。性懲《しょうこ》りのない言動をする景久も景久だが、挫《くじ》けず踏み続けるこの妹も妹だった。

「いや、だが、聞け、初」

「なんですか」

「素性はわかる」

「どうしてそれを先に仰らないのです！」

その前に踏まれたからだ、とは景久は言わない。さすがに勘気を増すばかりだと理解している。

「向野屋の、多分あれは御息女であろうなあ。お前、知っておるのか？」

加えて記憶にある限りの容姿を告げると、消息通の妹は、「ああ、間違いなく向野屋のおりんさんですね」と断言をした。

りんは向野屋庄次郎《しょうじろう》の一人娘であるという。

父を助けて稼業を取り仕切る才媛にして、小町と評される美貌を備えた女性《にょしょう》であるが、心は冷たく、常に氷のようでにこりともしない。

金銭の用立て、取り立てに関しても義理人情を一切挟まぬ容赦のなさで、「外見はよけれど、内に詰まるは算盤珠《だま》よ」との風聞がある。より口さがなく、「あれは人肉を喰らう夜叉《やしゃ》女《め》の類だ」などと言う者までいるらしかった。

聞いて、景久は首を傾げる。昨夜の印象とは、どうにもそぐわぬ世評だ。

確かに、怜悧《れいり》な印象を抱いた。

だが景久が彼女から覚えたのは、他人を見下したり威圧したりは決してしない、彦三郎と同類の優しくものやわらかな知性の気配である。そも、算盤のように損得計算ばかりの人物ならば、往来での悶着《もんちゃく》に我から関わるはずもないだろう。

はて、と素直に首を傾げる兄を見て、初名が嘆息めかして微笑んだ。

「お金を貸すというのは、お医者様やお坊様と同じです。儲《もう》かれば儲かっただけ恨まれる稼業なんですよ、兄上」

教え諭《さと》すような口ぶりに含まれるのは、りんが誹謗中傷を受けやすい身の上だという事実である。

「……なあ、お初」

「なんでしょう、兄上」

「金魚や朝顔というのは、育てれば金になるものなのかね」

「どういう風の吹き回しですか？　まあ、それで財を成した侍の話は、聞かないでもないですけど」

答えず、景久はただ得心したように、ふむ、と唸った。

「とまれ、礼はすべきだろうな」

「ええ、そうです！」

なぜか勢い込んで初は言い、再び景久の隣に端座した。今の今まで踏みつけていた兄の腹を手で払って綺麗にし——

「思い立ったが吉日です。本日今から参りましょう。何かお礼の品など購《あがな》っていくのがよいと初は愚考いたします！」

「なんだってお前がそうも意気込むのだね」

「だって、兄上が片づくかもしれないではありませんか」

いい加減怪訝に思った景久が問うと、初名は屈託ない笑顔を見せた。

「実に細かなところまで、おりんさんの顔かたちを覚えていらっしゃいましたよね。兄上がそこまで他人に興味を示すのは、初が知る限り初めてです。つまり、そういうことなのでは？」

「そういうことではなかろうよ」

「いいえ、何がきっかけになるとも知れません。袖が触れ合うのだって多生の縁なのです」

手を振って苦笑する兄をよそに、妹はぐっと拳を握る。

「もちろん、初の見立て通りなのが前提の話ですけれど、おりんさんは大丈夫な気がします。優しい人のようですから」

「世間はそう言っておらんぞ」

当の初名から聞いた噂で混ぜっ返すと、「お静かに」と言わんばかりの視線が返った。

「兄上は世間なんて正体の知れないものとこの初の、一体どちらを信じるのですか。大体ですね、その噂、初はおりんさんがわざと流しているような気がするんです」

「好き好んで自分の悪評を撒く人間があるかな？」

我が妹は、随分と向野屋贔屓の様子である。

助勢を受けた身であるから景久も意は等しいのだが、話の接《つ》ぎ穂として尋ねれば、予期していたように初名が応じた。

「先にも申しましたけれど、お金を貸すという商売は卑しく見られがちなのだそうです。だからどれだけ悪く言ってもいいと思う人が多いみたいなんですよ。借りるときは神棚にするみたいに頭を下げるくせに、可笑しな話だと思いませんか」

「困って頼って助けられて、その挙句《あげく》に居直るならとんだ話だ」

「そうそう、仰る通りです。借りたものを返さずに相手を鬼畜生呼ばわりだなんて、そっちの方が外道です。でも世の中には自分が正しい側にいると思うと、相手にちょっぴりでも非があると見ると、いくらでも居丈高になる人もいるんです」

兄上はそんなふうになってはいけませんよ、と付け足す初名へ向けて、景久は真面目くさって頷いた。

「とまれだから、親の代からそれが生業のおりんさんには、結構な苦労があったと思うんですよね」

そこでひと呼吸を入れて、初名は空と梅とを見上げる。

「冬になると、海向こうから鳥がやって来ますよね」

「ああ」

種類までは詳しく知らぬが、渡りくる群鳥《むらとり》は御辻藩において年来の風景だ。

「たとえば冬の前に、うち一羽が翼を損ねたとします。すると怪我《けが》をしたその鳥は、周囲に嫌われようとするのです。鳥にだって家族や友人はいます。けれど群れの全部から疎まれようとするのです」

「またどうして、そんな真似を」

「飛べなくなった自分を顧みていては、仲間たちが渡りの時機を逸するからです。自ら孤独を選ぶさまは、でも確かに優しさなのだと、初はそう思います」

「ふうむ」

話に釣り込まれた景久は唸り、それからふと我に返った。

「本当かね？　鳥にも、そうした情があるものかな」

「たとえ話とわかるでしょう。兄上は、本当に血の巡りが悪い」

景久の額をぴしゃりと打つと、徹底的な呆れ顔をして初名は嘆息ののち先を続ける。

「向野屋さんだけでなく、他にもそういう一羽がいるのを初は存じ上げています。拒絶は自分を守るのと同時に、寄ってくるお人好しを遠ざけるための鎧兜《よろいかぶと》なのでしょう。一体どっちがお人好しやら、です」

妹の優しい眼差しを受け、景久は黙って肩を竦めた。まったく、またしても兄の尊厳が形なしではないか。

「ともかくですね、兄上は向野屋さんにお礼に行きましょう。そうしましょう。おりんさんはきっと優しい人ですから、門前払いはされないはずです」

今にもぐいぐいと背を押しはじめそうな初名を、慌てて景久は押し留めた。忙《せわ》しいにもほどがある。踏ん切りやら覚悟やらというものが世の中にはあるのだと、この妹は承知すべきだ。

「まあ待て。まずこうしたことは、一旦彦に相談をしてだな」

「池尾様がいらっしゃるまで、日延べするおつもりですか？」

そう言われてしまうと、景久は弱い。

彦三郎は佐々木の家へ気軽に来るが、景久にとって池尾の屋敷は、少々顔出ししにくい場所である。

池尾新之丞という人物が、少々困った気質であることは既に述べた。

彼は正の心も負の心も人並外れて大きい。愛し、慈しむさまも著《いちじる》しければ、憎み、怒《いか》る力も凄まじいのだ。常人とは感情の桁《けた》が違う。激情に任せ重臣同士での斬り合いまでしでかしたことは有名で、十数年がすぎた今でも語り草になるほどだ。

この新之丞に、景久は快く思われていない。

あちらからすれば、大事な跡取り息子につきまとう悪い虫、といったところであろう。現状の景久自身の懈怠《けたい》もあるが、新之丞の悪感情には、何より清兵衛の子であることも含まれている。

これがため幼い時分より、景久は友人の父に白眼視されるという体験を経てきた。なんとも困ったことに、新之丞という男は、子供相手にも己の心根を隠さないのだ。景久が苦手の心地を抱くのも無理からぬ話であろう。よって彦三郎との付き合いは、彼が佐々木邸を訪れることで成り立っている。

初名の指摘は、以上を踏まえてのものであった。

「それは……うむ、まあ、なんとか……する」

初名が落胆の息を漏らしたところで、庭先に足音がした。彦三郎の歩幅と異なるそれは、父のものに相違ない。まだ日も暮れ切らぬうちの帰宅とは、珍しいこともあるものだ。

兄の視線を追って清兵衛に気づいた初名はすぐさまに立ち、「おかえりなさいませ、父上」と声をかけた。景久も身を起こし、姿勢を正して妹に追従する。

「今日はお早いのですね」

「ああ。よそで面倒があってな。こちらの仕事が動かぬゆえ、戻った」

「よそ様の揉《も》め事ならお任せしてしまえますね。なら父上、今日はごゆるりとです」

夕餉には少々早い刻限だが、燗《かん》でもつけるつもりなのだろう。言いながら初名が厨《くりや》に向かい、残された父は息子にぎこちない視線を向けた。

「息災か」

「重畳《ちょうじょう》だ」

「はい」

わずかな言葉を交わし、父は景久の横を行きすぎる。

——これは、親子の会話ではあるまい。

その背が私室の方へ消えるのを見届けてから、景久は小さく首を横に振った。

昔は、もう少し上手くやれていた気がする。妹と父のやり取りのように、屈託なく親子として、家族として過ごせていたように思う。

だがあの夜から、その流儀を見失った。

当たり前を喪失した景久と清兵衛は、延々とぎこちないままでいる。

ふたりのそんな齟齬《そご》を、無論初名は感づいている。折に触れ景久に小言をするのは、父の代わりをしているつもりもあるに違いなかった。噛み合わぬながら、清兵衛も清兵衛で決して息子を疎んではいない。そうした家族の情愛は、景久もしゃんと感得している。

だからしっくりしないこのさまは、息の仕方を人には問えぬのに似る。どれだけ親身に教えられようと、他人の呼吸のやり方は自分の体に馴染みはしない。それは自身で改めて、見出さねばならぬ心の形であるはずだった。

——しかし世の中とは、何につけても億劫なものだ。

再びごろりと転げ、景久は母の梅を見上げた。

父の帰宅で途切れた格好になったが、向野屋への礼は早い方がよかろう。となれば彦三郎の知恵は借りたい。何を贈り、どう口上したものか、景久にはとんと見当がつかぬ。

この頃は忙《せわ》しない親友であるが、忙中閑《ぼうちゅうかん》ありとは古くより申す通りだ。上手くすれば、明日にでも顔を出してくれるやもしれぬ。

他力本願を望みかけてから、いやいやと首を振った。

いつまでも人任せの怠け心はよろしくない。ここはひとつ旧来の苦手を振り切って池尾の屋敷へ――

そうまで思ったところで、景久はふと眉を寄せた。

これではまるで、自分が早く向野屋を訪いたいようではないか。それは違う。断じて、そういうことではないのだと、景久は誰にともなく言い訳をした。


その、夜のことである。

池尾彦三郎の姿は、秋月外記の面前にあった。

冬の夜気はひどく冷たい。しんと澄んだ空から降りてくる肌を刺す空気の中に、ふたりは火鉢に火も入れず向かい合っている。

「調べが、ついたかよ」

「はい」

交わす言葉が、白く煙った。

寝床で半身を起こす外記に対し、彦三郎は裃《かみしも》姿である。藩の役目で来ていることを悟らせる装束だった。

「頭目は赤森、雨足、海綱の三名。武者溜まりで密談を気取るのだから呆れたものです」

「置け。それを許し続けたおれの耳が痛い」

自虐めかして老人は苦く口の端を上げる。

「にしても、手早いもんだ。お蔭でおれも命拾いさ」

呟いて、天井を見上げた。それを透かして星を仰ぐ瞳だった。

「いい加減面倒になったんでな。次に雨が降ったら撫で斬りにして、それからおれも腹を斬ろうかと思っておった」

声もなく、彦三郎は頭を下げる。

冗談口ではないと悟っていた。この先生ならば、本当にやりかねない仕業である。己の教授した剣を汚した者への対応としては正しいのやもしれない。が、あまりに太平の世に向かぬ裁きだ。近頃続いた晴天に彦三郎は感謝する。

「赤森か」

「はい」

短い言葉に、やはり短く首肯した。

外記の言う調べとは、鷹の羽組に関するものだ。不満に燻《くすぶ》る部屋住みどもを誑《たぶら》かし、各地で悪さを働くこの剽盗ばらの通称は、違い鷹の羽の紋を犯行現場に撒き、自らの仕業を主張する行いからつけられている。義賊気取りの彼ら窃盗団は、大店や高利貸しといった、人々から富を吸い上げるを活計とする家を襲い、正義を標榜して奪った金の一部をばら撒き、証文を焼き払うのだ。

江戸ではじまった彼らの蠢動は、この頃は御辻を目指すように北上していた。その尖兵とも言うべき輩の仕業が、既に領内の数か所で聞こえていた。城中においてこれへの対応が紛糾しているとは、既に彦三郎が景久に語るところである。

ただし彦三郎は、右往左往を手を拱《こまぬ》いて眺めるばかりの男ではなかった。独自の嗅覚から、首魁《しゅかい》ならずともまず鷹の羽組が接触するであろう部屋住みの連中に目星をつけ、その動静を探っていたのだ。

そして彼が怪しんだ筆頭こそが、今、外記に名を挙げられた赤森嘉兵衛である。

「剣腕ならば道場随一。その驕《おご》りからでしょう。残るは他よりの後押しのみとばかりに、門弟の内に金銭をばら撒いております。懐柔のつもりでしょうが、元より人望がない。沼を埋め立てるのに小銭を投げ込むようなありさまで、あれでは懐に寒風が吹きましょう。向野屋からの借りつけも少なからずで――」

「それで匪賊《ひぞく》の手先に堕したかよ。目も当てられんな」

彦三郎の後を引き取り、外記が我が額を押さえた。赤森を軽侮するようだが、この老人の言いにあるのは悔恨だ。傍にありながら、なまじっかの剣才をそうした道に走らせたことを悔やむ。そうした気質が外記にはあった。

「手先、とは思っておらぬのでしょうね。むしろ我が方が手を貸してやっているのだと、そう考えてすらいるのかもしれません」

彦三郎は先日、赤森と顔を合わせている。その折の態度を思い返し、言葉は自然厳しくなった。

彼は道場を訪った彦三郎へ、『おい』と居丈高に呼びかけながら行く手を塞いだ。赤森閥ならぬ門弟の目もあったから、この振る舞いは藩の中核にある池尾の人間にも臆さぬ示威のつもりだったのであろう。

が、知恵が足りない。

このときの彦三郎も今と同じく裃姿であった。ひと目で御用の最中とわかる装いをしていたのだ。

ゆえに彦三郎の目がすいと細まる。景久といる折の穏やかさはそこになく、ただ冷眼があるばかりだった。

『赤森』

と、彼は呼び捨てた。

『見ての通り、俺は役柄でここへ来ている。念のため尋ねるが、お前はそれを遅滞させるのだな？　事によっては殿にご報告申し上げねばならぬ仕業だが、それだけの理由が、お前にはあるというのだな？』

権力を笠に着た物言いに、赤森は明らかに怯んで一歩退く。

まったく、想像力が足りない。舌を回して気取りたいなら、最低五手先までを考慮してからにしてほしいものだ。

露骨な無様を眺めつつ、そのように彦三郎は思う。自らの行いが相手にどういう心地をもたらすか、それを少しも考えていない。こうして噛み返される覚悟すらしていないのだ。そもそも、わずかなりとも他人の胸中を思いやる頭があるなら悪さなど普通はしない。できない。それを武威のように誇って行う手合いの中身だ、所詮こんなものであろう。

『何をぐずついている。用がないなら、退《の》け』

彦三郎は、自ら狭量をもって任じている。似たくはないが父の血であろう。見放し、見切る。そしてそのことになんの痛痒も覚えない。冷酷に通じる冷淡が己にはあると感づいている。普段は律して控える性質だが、この際ばかりは強く出した。彦三郎の柔和を侮る者は必ず斯様に、彼が新之丞の子であることを思い知らされることとなる。

手もなく蹴散らされた赤森の屈辱に歪んだ顔を、彦三郎は横目に見ていた。あれは懲りぬであろうと、ゆえに断じている。

「あいつらの、裁きはどうなる？」

「今の段階で自供するなら、急度叱り《きっとしか》程度かと」

鷹の羽組と共謀する様子だが、赤森らはまだ犯罪行為そのものに関与していない。これを考慮した彦三郎の返答である。

叱りとは奉行所のような公的機関で説諭を受ける刑罰で、急度叱りはより程度の厳しいものを指す。軽い処分のようだが立派な有罪判決であり、公的な刑罰である。体面を重んじる武家においては、その後の身の振り方に影響が出ることは否めない。

「ですが……」

「ああ、認めやしねェだろうな」

つまり、現時点において赤森らの捕縛《ほばく》は叶わぬということである。

鷹の羽組の接触はあった。が、企《くわだ》てには断固乗らなかった。そのように否定されれば、当然罪には問えぬからだ。

「しかし、事を起こしてしまえば死罪は免れません」

十両盗めば首が飛ぶ、とは先々代将軍徳川吉宗《とくがわよしむね》が作成した公事方御定書《くじかたおさだめがき》にあることである。元来これは幕府で司法に携わる者のみが閲覧できた文書なのだが、極秘裏に写本されて諸藩で手本となり、結果著名となった。

が、この一文はあくまで手元の品を掠め取った折のもの。よその家屋に忍び入る、土蔵に押し入るなどして盗みを働いた場合、「金高雑物之不依多少死罪」——奪った金額、物品の多少にかかわらず死罪と定められていた。鷹の羽組の所業は、まさしくこれに当たる。

「……清兵衛も往生するはずだ。人にもの教えるってのは、実に難儀なもんだな」

再度天井板を見やり、外記は独白のように呟いた。

「おらァ餓鬼をこさえなくて正解だった。こんな不出来な親を持てば、不幸だろう」

「おお子がないからこそ、出る心境やもしれませんよ」

「洟垂《はなた》れが、知った口を利きやがる」

師弟はちらりと笑い合い、そして彦三郎が居ずまいを正した。

「とまれ不肖の弟子といたしましては、師父の宸襟《しんきん》を安んじる一手を思案してございます」

「ほう？」

「城中では鷹の羽組をどうしたものか、いまだ対応を決しかねております。近習組池尾彦三郎としては、この状態で動くのは難しい。ですが秋月の門弟としてなら別です。道場で起きかけた不始末を、道場主の指示で弟子がつける。この体裁ならば、どこからも文句は出ますまい」

景久が耳にすれば、「そんな大義名分まで用意せねばならんとは、やはり世間は面倒だ」と嘆息しかねない回りくどさだが、角《かど》を立てずに丸く治めるつもりであるなら、誰の領域を犯すことも顔を潰すこともない立ち回りが不可欠と彦三郎は知っている。なにせ、虚栄で口を糊《のり》するのが武士なのだ。

またこの格好で一件が落着すれば、それは秋月の汚名を払拭することへも繋がる。悪さを企てた門弟を膿《うみ》を出しきるべく泳がせ、一網打尽とした。そのような形で言い抜けができるからだ。つまりは極力、秋月外記に火の粉を及ぼさぬ方策である。

これを為し遂げるには、時機を見計らって赤森らを捕らえる必要があった。

言い逃れしようのない現場を押さえ、しかもまったく押し込み先に被害を及ぼさぬ未遂のうちに留めねばならない。実害が出てしまえば、道場の悪評雪《すす》ぎもまかりならぬからだ。なかなかの険道であり、彦三郎の負うところは大きい。

「手間をかけるな、彦三郎」

そのあたりを察し、視線を戻した外記は弟子に頭を下げる。

「とんでもない。御恩返しと心得ております」

「だが、どうするよ。おまえの思案じゃあ、水際であいつらをふん捕まえる腕っぷしが入用だろう。分別がある人間ならめったやたらに刀は抜かねェ。だが分別がなく悪事をするから悪党だ。なんなら、おれが出るぜ？」

「いえ」

彦三郎が荒事《あらごと》に向かぬのは聞こえたことだ。だが案じる師の言葉に、彼は短く言って頭《かぶり》を振った。

「腰間の他にもうひと振り、刀を用意するつもりです」

「景久か」

「はい。実際赤森について動くは数名でしょう。であれば、景久さえいれば十二分かと」

「道理だな。となればおれの出る幕はない、か」

既に約束を交わしたではない。だが外記も彦三郎も、この件に景久が助勢することを信じて疑わぬ言いをしていた。これは両名ともが景久の性情を知悉するがゆえである。

池尾彦三郎は確信していた。もし仮に自分が、景久へ命を所望したとする。乞《こ》われた友は仔細も訊かず、必ず即座に自らの首を落としてのけることだろう。佐々木景久とはそういう人間だった。逆の立場となったとき、臆さず刎頸《ふんけい》する度量を自身が持ち合わせていないことを恥じるばかりだ。

「にしても、不思議なもんだ。おまえらは終生反りが合わねェと見たんだが、いつの間にやら馴染んでやがる」

「ええ。俺も不思議に思います」

首肯して、彦三郎はゆっくりと瞬きをする。

彼と景久が出会ったのは、この道場においてであった。

ふたりの兄と同じく秋月に放り込まれた彦三郎は、いつも片隅で、つまらなく木剣を振っていた。

まだ体のでき上がらない子供である。才覚の兆しなど見えようはずもなく、だからこそ本来ならば、手の空いた者が合った指南をしてやるのが通常だ。彦三郎も、当初はそうした扱いを受けていた。

しかし、彼は可愛げのない少年だった。

利口ぶって賢《さか》しげな口を利き、面倒見をしようという先人たちの悉くを追い払った。元々、習うを好まぬ剣の道である。剣をするのは粗野なる蛮人ばかりで、ここで人付き合いを築いても役に立たない。そのように決め込んでいた。自分は周りより図抜けて賢く、なんでも知っている。そんなふうに思っていた。

まさしく小才子である。

古来、こう蔑《なみ》される型の人間は了見が狭い。

彼らは人や仕事を自分の枠の中でしか理解しない。しようとしない。自分の枠の中だけで判断し、評価をする。自らに沿わぬ形を認められないのだ。

よって未知の領域に対し、傲岸に、頭ごなしに無価値であると決めつける。そして知恵が働くはずの彼らは、どうしてかこうした倨傲《きょごう》が人の恨みを買うことに気づかない。

かつての自分は、ちょうどそのような人間であったと彦三郎は自省している。

だから他人を見下して、斜《はす》に構えて斜めに眺めて、周りに壁を作って呼吸をしていた。

その壁をひょいと乗り越えてきたのが景久である。

『うちの妹をあやしてやってくれないか』

いい加減な素振りをする彦三郎に、前置きもなくそう告げたのだ。

当時、景久は外記の秘蔵っ子として知られていた。佐々木清兵衛がわざわざ外記に頼み込み、幼童の時分より道場に通わせていたからだ。よほどの剣才があると周囲は目していたのである。

彦三郎からすれば、自分とはまったく違う種類の人間だ。言葉が通じるとも思えない。そこへ来てこの言いであるから、当然苛立ちが顔に出た。

『なんだって俺が、そんな真似をせねばならない』

鼻持ちならずそう切り捨てて、『そこらの暇な連中に頼め』と背を向けた。

が、景久は引き下がらない。

『お前も随分暇だろう』

断定する口調に、少年らしく血が上った。修練に励むではなく、適当に時を潰すだけのさまを論《あげつら》われたと思った。

『お前――』

『頼むよ。この道場に、お前より顔のいい者はいないんだ』

噛みつく勢いで振り向いたところにあんまりな物言いをされ、呆れるより先に笑ってしまった。毒気を抜かれるとは、こういうことを言うのだろう。

そこへ言い訳のように、『女は甘味と美男で釣るべしと、よねが言っていた』と重ねられ、

――ああ、俺の負けだな。

どうしてかすとんと、そんな心地に至った。

俯瞰《ふかん》すれば、ふと呼吸が噛み合っただけの出来事であろう。だがこのとき確かに、彦三郎の枠は打ち壊された。自分の領域にない景久の振る舞いは、彦三郎の蒙を啓《ひら》くものであったのだ。

自分の殻が壊れる音を聞いたのだと、彦三郎は思っている。その響きは父への畏怖《いふ》や兄たちへの鬱屈《うっくつ》を吹き飛ばし、彦三郎の心をこれまでよりも自由にした。

結局その日、彦三郎は外記の私邸に預けられていた初名の機嫌を取る羽目となり、味を占めた景久に、たびたび頼られることとなった。そうして縁は深まり、いつしかふたりで──時には初名を交えて三人で──様々な仕業をした。

磯方玄道《いそかたげんどう》の一件は、そのひとつであり、最後でもある。

磯方は上方《かみかた》流れの武芸者だった。武芸百般の自在を謳ったが、中でも得手としたのは柔術である。

御辻を訪れたこの男がしたのが示威行為だ。

日がな、彼は茶屋の床几《しょうぎ》に腰かけて獲物となる相手を待った。そして目当ての二本差しが通りかかるなりにゅっと立ち、にこにこと歩み寄る。

彼の足は床几に座れば持て余すほどに長い。手もまた同様であり、唐突な接近に面食らった侍が戸惑うところへこの腕を伸ばして抱き竦め、そのまま締め落としてのけるのだ。

武芸の発揚であり、我が技と流派の喧伝《けんでん》であるが、落とされ晒された側はいい恥さらしだった。

憤激して逆襲を企む者もあったが、磯方は無手である。徒手空拳に刀を抜けば重ねての恥となろう。しかし得物失くして彼の組み討ちに敵するは難しく、手を出されぬまま世に憚《はばか》った。

これと対峙したのが景久と彦三郎である。

元服前の十二、三の時分であったが彼らは、茶屋に構える磯方にふらふらと近づいた。動きは目の端に映ったが、相手は刀も差さない子供にすぎない。磯方は気にも留めない。その油断を狙って景久が組みつき、痛烈にこの武芸者を投げ飛ばした。人の不意を打ってばかりの磯方が、常の逆をやられたわけだ。

ろくな受け身も取れずに目を回した彼を、ふたりは通りの真ん中に引き出した。そして、

『不意さえ突けば、子供にも投げられるものだなあ！』

と彦三郎が大音声《だいおんじょう》してのけたのである。

とんだ醜態を晒したこの男は、目を覚ますなり御辻より退散し、被害に遭った侍たちの体面は保たれた。童ですら策を用いれば大人に勝る。ならば騙し討ちに特化した武芸者に不覚を取ったのも致し方ないところであろう、というわけだ。

とまれ子供が世直し気取りでそのような真似をしでかしたのだ。両名がそれぞれの父と師、

そして初名から拳骨を食らったのは言うまでもない。

このの ち彦三郎は池尾の跡取りとなり、こうした悪さはできなくなった。だが、人間の中身はそう変わるものではない。このたびのことは、彦三郎の中の少年の血を騒がせている。

「落着はやわらかなものにするつもりですが、ただ先生、赤森へはいささか容赦が失せることをお許しください」

らしからぬ勇んだ言葉は、そんな心地が吐かせたものであったろう。

「おまえが珍しいじゃねェか。遺恨でもあったたか」

「ええ。お初殿のことで、少々」

「女の尻を追う点で同じ穴の貉《むじな》とでも言うつもりかよ。おまえは追われる側だろうが」

ふふんと野暮《やぼ》ったたく外記が笑い、剽げて彦三郎が肩を竦める。気息が通じた同士のやり取りが、冷えた部屋を暖めるようだった。

「のみならず、赤森は景久とこじれてもいますからね」

「聞いてるぜ。昔、やらかしたらしいな」

はい、と首肯して、彦三郎は続ける。

「景久が彼を歪めたと言うこともできます。けれど体験を糧《かて》とするか瑕《きず》とするかには、当人の器量が出ましょう」

「面倒見のいいこった」

「誰彼構わずするわけではありませんよ」

薄く、冷たく、突き放す風情で彦三郎は微笑した。これは一種、外記への皮肉である。口は悪いが、師は気質として情愛深い。門下に乱暴者、狼藉者と知られた人間が少なからずあるもそのためだ。誰にも見捨てられたような因業者を引き受け、どうにか身を立てさせてやろうとする。たとえば赤森のような輩でも、だ。

それに救われた者たちがいたのは確かなことで、だから彼が弟子どもの首根っこを力で押さえられているならそれでよいと彦三郎は考えていた。赤森嘉兵衛について問題視しなかったのも、懐の外の人間に対する冷徹な目で、いずれ景久の焚きつけになろうと見ていたからだ。が、外記が病を得たことで状況は一変している。己の衰えを勘定に入れなかった点については、師に責がないとは言えぬだろう。けれど総体を見ず、細瑕《さいか》ばかりを取り上げるのは池尾のやり方だ。

「ですが、あいつにだけは落胆されぬ生き方をすると、この彦三郎は決めておりますので」

「ひとつ、いいことを教えてやるぜ」

「はい」

「同じことをな、景の字もおれに言ったよ」

聞いて、彦三郎がまた微笑んだ。今度は春風のように、暖かくものやわらかな笑みだった。

どちらも面白く育ったものだと、気に入りの弟子たちの成長に外記もまた破顔する。

「その仲を見込んで頼むがよ、彦三郎。おまえからも打診してやっちゃくれねェか」

「景久に跡目を譲りたいというなら、至難ですよ」

「無理筋か」

「はい。景久に、人に教える強さはありません。加えて、あれは真面目な男です。剣腕なしての後継指名は、身贔屓としか受け取らないでしょう」

彦三郎の、師の胸中を敏く察した言葉に間違いはあるまい。外記とて理解はしていた。だが、惜しかった。

「生真面目で、生きにくいこったなァ」

嘆息して、首を横に振る。

「まあ、世の中に絶対はありません。人の手は潮路の川流れすら治めるものです。なのでご用命とあらば、織り込むだけは織り込んでみますよ」

ただし期待はせずにお願いします、と念押しをしてから、彦三郎は徐《おもむろ》に立ち上がった。

「お体がよろしからぬ折に、弁えぬ長居をいたしました。とまれこの一件、我らにお預けくださるということでよろしいですね？」

「ああ、頼む」

一任に会釈をし、彦三郎が襖を開ける。その背に、ふと外記が問うた。

「周到なおまえのことだ。日取りも何も、もう突き止めてるんだろう？　ひとつ聞かせちゃくれねェか。あの阿呆どもは、どこを狙うつもりだ？」

足を止めた彦三郎は再度体ごと振り返り、「他言無用に願います」と前置きをする。そうして、告げた。

「向野屋。まず、これに間違いはないかと」

赤森嘉兵衛は、暴力を万能の札と考える。

体格に恵まれたこの男は、目鼻の道具立ても大きい。腕首の肉は鍛えられて厚く、ただいるだけで、巨岩のごとき質量感がある。

──殺してやろうか。

凶暴な意志を込めてぎょろりと目を光らせれば、大概の者は目を逸らし、道を譲った。単純明快な恫喝の、なんと強靭であることか。どれだけ金を持とうと、どれほど権力を備えようと、一対一で彼と見え《まみ》、狂気めいた暴力の気配に屈せぬ相手はなかった。

自分は何よりも強く、ゆえに全ての生殺与奪の権を握りうる。嘉兵衛はそのように信じていた。

世は所詮弱肉強食。弱きは何をされても仕方ない。弱き者へは、何をしようと構わない。それは彼自身の体験に裏打ちされた、疑いようのない信仰である。

嘉兵衛のこの思想は、同時に父母より受け継いだものでもあった。

士分ではあるが、赤森の家の実態は半農に近い。禄高も地位も低く、父は常に今へ不満を抱いていた。そうした棘《とげ》は、口に出さずとも周囲へ伝わり、やがて不調和を生むものだ。父は時に上役に、時に同輩に当て擦られ、薄ら笑いで鬱屈した一日を過ごすようになった。

この種の人物の例に漏れず、嘉兵衛の父の自尊心も恐ろしく高かった。傷ついたそれは慰《い》撫《ぶ》を求め、自負と実際が合致せぬ憤りを当然のように家人へぶつけた。深酒しては世を恨み、手を出せぬ相手の代わりに妻を、息子を殴りつけた。

斯様な所業が許されたのは、父が強かったからだ。城中で、市中でどうかは知らぬ。だが嘉兵衛の父は、赤森の家においては最高権力者であった。

母もまた、嘉兵衛の盾とはならなかった。彼女の行いは、むしろ逆である。夫の機嫌を取るべく、自分の代わりに幼い息子を差し出した。そうして自身は理解者の顔をして夫に寄り添った。これもまた、母が当時の嘉兵衛より強かったからできた仕業だ。

つまりは、強ければ何をしてもよいのだ。どうせ弱い相手は逆らえぬのだ。斟酌《しんしゃく》など無用のことである。

両親の振る舞いから嘉兵衛は、そうした思想を学習した。彼の粗暴はこれに基づいて形成されたと言ってよい。

——己の欲せざるところを人に施すなかれ。

そんな当然の正しさなど、彼の周囲には欠片《かけら》とてなかった。

ゆえに。

歳を経て巨《おお》きな五体を獲得した嘉兵衛が、己は父より強くなったのだと確信したそのとき。

家内の序列は裏返った。

念のため寝入るのを待ってから、嘉兵衛は親を襲撃した。寝入り端《ばな》を見計らって幾度となく暴行を加え、実力の差を理解させた。浴び続けた暴力を吸い込むかのように背丈を伸ばした嘉兵衛に、父はもう抗しえなかった。支配による充足感に満ちながら、嘉兵衛は母を振り返る。

ああするしかなかった。貴方のためを思っていた。

そのような戯言《ざれごと》を聞く耳は、もちろんない。どうせ表に出ないのだから構うまいと、父よりも手ひどく、腫れで目が開かぬほどに殴りつけた。この下克上により、嘉兵衛は赤森の実質的当主となった。放埓《ほうらつ》を極めるそのさまは、無能者の全能感を体現したものであったろう。

しかし当然のことながら、世は嘉兵衛が思うより遥かに広い。やがてそのことを思い知らされる出来事が、彼の身に起きた。

その頃、嘉兵衛はひとりの娘を見初めた。恋慕というには小さく、情欲というには幼い。けれど確かに、彼はその娘に懸想《けそう》した。が、相手は侍の子だった。佐々木家——ただ一代で赤森など手の届かぬ高さまで上った家の娘であったのだ。ほしくなったから、で気軽に攫える対象ではない。

両親の必死の諫《いさ》めもあり、ある種の小賢しい判断から、嘉兵衛は自らを御《ぎょ》した。代わりに、従える悪童どもを使嗾《しそう》して、この娘を虐げた。体に傷をつけはしない。標的としたのはあくまで心だ。寄って集《たか》って悪口《あっこう》を吐きかけ、泣き顔を見ることで入手の代替とした。彼女を支配する心地を味わっていた。厭うものも好いたものも、等しく傷つけるのが彼の在り方である。

時に子分どもが娘の兄に追い散らされることもあったが、嘉兵衛は気にもしなかった。言葉の刃は、そのたびに程度をひどくした。

あれは、ちょうど川祭りの頃だったか。

ふとした拍子で、嘉兵衛はひとり辻に立つその娘を——佐々木初名を見かけた。子供なりにめかし込み、誰かを待つ風情だった。相手は家人か、あるいは池尾彦三郎か。そわそわと揺れる体は、これからの愉快な時間も待ちわびるようだった。

自分のいない幸福の景色に、ざわりと嘉兵衛の心が疼く。悪い血が体を巡り、その幸せを踏み潰してやろうと思った。

それで珍しくも直接に、大股で彼女に歩み寄った。不意に接近した嘉兵衛を認め、初名が怯えの気配を見せる。そのさまに愉悦を覚えながら、彼は聞きかじった噂からこう言った。

――お前は、親を殺して生まれたそうだな。

途端、衝撃とともに天地が回った。

頬桁《ほおげた》を一撃されたのだと気づいたのは、地べたで幾回転もを繰り返し、口中に血と土の味が溢れてからである。這い蹲《つくば》ったまま見やれば、泣き出しそうな娘の隣に、その兄の姿があった。これまでにも幾度となく邪魔立てしてきた、鬱陶《うっとう》しいことこの上ない相手だった。

今日こそ思い知らせてやろうと心を決め、嘉兵衛は怒気とともに立ち上がる――つもりだった。

が、叶わない。

手足はがくがくとみっともなく震え、わんわんと耳鳴りがする。首が据わらず、視界は揺れて定まらない。勢い任せに身を起こしたが、すぐさまに平衡を失ってまた転げた。同じ無様を幾度か繰り返すうちに、殴られた頬が熱を帯びて腫れはじめた。

ただのひと打ちがもたらした、これまで味わった覚えのない被害だった。少年ながら大人のような図体を備えた嘉兵衛でなかったら、冗談抜きで虫のように打ち殺されていたことだろう。

何より恐ろしいことに、今の打擲《ちょうちゃく》には、確かな手加減があった。それはかつての父の拳に似ていた。傷つけることを前提としながら、決して殺意を孕《はら》んではいない。むしろ沸騰《ふっとう》した怒りを、寸前で押し留めた気配すらある。

ゆえに、嘉兵衛は戦慄する。

確かな自制を宿しつつ、それでも自分より頭ふたつ小さい少年の拳は、明白な死を直感させた。まるで猛虎の戯《じゃ》れだった。獣の側は少しふざけたつもりしかない。が、そんな戯れで十分に人は死ぬのだ。

掛け値なしの暴力というものに、このとき嘉兵衛は初めて遭遇した。

ずしん、と。

その耳に確かに音が届いた。娘の兄が、一歩こちらへ踏み出したのだ。日頃は春風駘蕩《たいとう》、何をしても気に留めぬようなぼんやりとしたその面《おもて》が、赤く怒りに満ちていた。その凄まじい感情の烈火が、ただのひと足を地響きに錯覚させた。

動揺と混乱から抜け出た頭が、ようやく体の芯にまで凍《し》みる、冷たい恐怖を理解する。

また一歩、少年が近づく。

悲鳴を上げて逃げ出したかった。けれど手足は動かない。受けた衝撃に麻痺《まひ》したのではない。怖気《おぞけ》に縛り上げられたのだ。ぐらぐらと揺れ続ける世界の中を、ゆるりとした歩みで彼は来る。

その拳がもう一度握られるのを見て、嘉兵衛は自身の信仰の危うさにようやく気づいた。

弱きは何をされても仕方ない。弱き者へは、何をしようと構わない。

自分が強者の側であるならば、これはなんとも都合のいい思考である。だがこれに則《のっと》るのなら、自分以上の力が現れたとき、嘉兵衛はそれに屈せねばならない。ちょうど、かつて父に従えられていた頃のように。自らの手で父を強者の座から追い落としながら、いかにも子供らしい痴愚《ちぐ》で、彼は自身の敗れを想定していなかった。潮路の川流れという自然の力すら人の丹念な努力に変えられたことを、彼は認識しなかったのだ。

ぎらついた眼光が、脆弱なる嘉兵衛を見据えた。少年の目は、まるで獲物を見るようだった。鼓動が早鐘となり、視界がすうと狭まる。目が眩む思いで助けを乞うた。神仏のように父母の名を呟く。

果たして、それが聞き届けられたものだろうか。

眼前に迫った二撃目が、嘉兵衛の体を打つことはなかった。恐るべき敏捷《びんしょう》さでふたりの少年の間に割り入り、代わってその腕に拳を受けた者があったからである。

「景久ッ！」

嘉兵衛を庇った人物は、息子の名を叫ぶなり、我が子の頬を殴り飛ばした。安堵のあまり意識を手放し、その先の記憶は嘉兵衛にはない。

辛《かろ》うじて命を拾った嘉兵衛だが、こののちたっぷり数か月を床《とこ》で過ごすこととなった。

そしてこの長い療養期間が、逆に悪く働いた。

己の敗北を認められぬ彼は、ひとりきりのこの時間のうちに言い訳を積み上げたのだ。

あれは——佐々木景久は、秋月道場の秘蔵っ子であるという。ならば自分の知らない技術を学んでいたに違いない。同じ流儀を知りさえすれば、自分が敗れることなどありえない。

こうした精神的逃避により、赤森嘉兵衛は自己の認識と真実を糊塗《こと》した。

やがて体が癒えると、彼はすぐさま秋月の門戸を叩いた。

元より身体能力の優れた嘉兵衛である。秋月の剣を吸収し、たちまちその強さを増した。剣腕は上位に数えられるまでになり、彼は再び倨傲さを取り戻していた。もちろんこの礎《いしずえ》に、末席をよしとする佐々木景久の姿があったことは言うまでもない。

やはりあれは間違いであったのだと、嘉兵衛はますます己の歪んだ記憶を信じた。何か可笑しな噛み合わせで起きた不可思議だったのだ。

確信した彼は一層剣にのめり込んだ。このまま道場を継いで秘奥を知れば、梅明かりを我が物とすれば、佐々木景久など虫と大差ない存在に成り果てよう。恐れを払拭するそのために彼は励み、励み続けて、踏み外した。

ゆえに赤森嘉兵衛には、今宵これからのことに躊躇《ためら》いはない。

青白く冷たい月光を避け、赤森は息を殺して獲物の様子を窺っている。

草木も眠る丑三《うしみ》つ時。じろりと向ける視線の先に横たわるのは、周囲の家々と同じく静まり返った向野屋であった。

ここに勤める者のひとりを脅しつけ、裏口の閂《かんぬき》を開けておくよう命じてあった。鷹の羽組より学んだやり口に従うのなら、あとは密やかに押し込み、借金の証文を焼くとともに運べる限りの金品を奪うのみだ。かの盗賊一味は、不思議にも殺人を推奨しなかった。

だが、と赤森は思っている。

ひとりふたり、斬ってしまっていいだろう。

所詮は金貸し、商人風情である。大した備えなどありはしまい。手向かいなどたかが知れている。ならば試し斬りの場として最適ではないか。今後の自分の剣のためにも、斬人の味を知るのは有益のはずだ。

柄《つか》を握って刃の感触を確かめ、赤森は向野屋りんの顔を思い浮かべる。

先日は恥を掻かせてくれたものだ。返礼をしなければなるまい。殺しの前に組み伏せて、存分に泣かせてやるのがいいだろう。小癪《こしゃく》に取り澄ました美しい顔がぐしゃぐしゃに歪むさまを思い浮かべ、赤森は覆面の下で酷薄に笑う。三歩下がって畏まり、ただ踏み躙《にじ》られていればいいものを、しゃしゃり出て賢立《かしこだ》てをするからこうなるのだ。

唇を湿し、赤森嘉兵衛は甘く甘い夢を見る。

秋月の道場を継ぎ、藩侯に手ずから指南を行う光景を浮かべた。佐々木も池尾も、そうなれば知ったことではない。権勢を得て拝跪《はいき》される喜びは、夢想であっても身を震わせた。

だが、場合によっては。

もうひとつの思案が、彼の願望を掻き立てる。御辻の田舎道場などを得るよりも、いっそ鷹の羽組《ふさわ》を奪うのが上策やもしれぬ。自らの名と剣を世に知らしめるには、こちらの道こそが相応しかろう。

手を組むと決めた折、赤森は匪賊らの首魁に面を通している。

それは鳥の骨めいて細く、痩《や》せた男だった。ただ胸に宿す昏《くら》い炎のような感情が、その両目を恐ろしくぎらつかせていた。

『オレはな、毀《こぼ》ってやりたいのよ』

ひひ、と息を吸い込むような笑い声を、そいつは立てる。

『ただ呼吸を続けること。言われるがまま流されて動くこと。それらを生きているとは言わない。オレはな、だから命の証しに花を咲かせる。世の安寧を揺るがして、オレのあった証しとする。貴様はどちらだ。ただ啜《すす》られる水か。光芒の花か』

眼前の赤森さえも見ない瞳が、毒のように問うた。

あのときは空気に呑まれ、ただ意味もなく頷きを返すばかりだったが、思えばあれも見るべきもののない庸人《ようじん》だ。

白く滑《なめ》らかで、綺麗な手をしていた。竹刀だこひとつないそれを見て、これが剣士の手かと密かに笑ったのを覚えている。体格も小さく、あれではさしたる剣は使えまい。まず力量は自分が上だ。

ならば諸藩に知られる鷹の羽組の束ねとして恐怖とともに語られるのは、この赤森嘉兵衛の名であってもよい。あの鳥に付き従う者たちも、我が剣力を見せつけたなら、揃って鞍替えをするに決まっていた。

いずれの方角に進もうと、成功は約束されている。

赤森嘉兵衛という名の井蛙《せいあ》は確信し、ひとり満足を得る。

「行くぞ」

自信に満ちて、同じ闇へと声をかけた。黒の中には、もうふたりの男が溶け込んでいる。赤森と同じくおざなりな、念のための覆面を装うのは、雨足、海綱の両名である。赤森の派閥のうち、凶刃を振るう覚悟までできたのはこのふたりのみだった。いくら鼻先に金銭をちらつかせようと、ほとんどが理由をつけて二の足を踏んだのだ。赤森からすれば、とんだ怯懦《きょうだ》である。

だが我らが実際に利を得、それを配分してやれば、臆病風に吹かれた田舎者どもも、この汁の甘さを知ることだろう。そうなればしめたものだ。あとは我から尻尾を振りはじめるに違いない。

そのためにも、まずは向野屋である。成功を得て、強《きょう》を知らしめねばならない。自分たちは他とは違うのだと、見せつけてやらねばならない。

互いに視線を交わし、頷き合う。そうしていざ事を起こさんと踏み出したそのときだった。

「これはこれは、夜分になんの御出座かね」

場違いに暢気《のんき》な声がした。

星明かりを受け、のんびりとこちらへ歩を進め来る面《おもて》は、赤森に強く覚えのあるものだった。

「佐々木、景久……！」

大小も帯びぬその男の名を、歯軋《はぎし》りの下から彼は呼んだ。

池尾彦三郎という男は、まったく大したものだ。

赤森らと対峙しながら、景久は内心舌を巻く。あの目は、一体どこまで見通しているのだろう。

『折り入って頼みがある』

佐々木邸を訪れた友人がそう切り出したのは、数日前のことだ。

『わかった。何をすればいいのかね』

即座に諾《だく》を返すと彦三郎は、『せめて仔細を聞いて頷け』と苦笑して、事のあらましを景久に告げた。

鷹の羽組なる一味について聞き及んでこそいたものの、これは寝耳に水の報である。

盗賊云々《うんぬん》とそれにまつわる体面、配慮の類は、景久にとって至極どうでもいいことである。が、事態に秋月外記と向野屋が関与するとなれば、友の頼みならずとも捨て置けぬ代物だ。

彦三郎の懸念を杞憂《きゆう》と見たことを景久は詫び、改めて承諾を返すと、意気込む友人へ、彦三郎は頭を下げた。

『またぞろ、手間をかける』

『なんの。むしろ蚊帳《かや》の外にされた方が、オレにとっては業腹《ごうはら》さ』

　景久が応じると彦三郎は眩しげに目を細め――

『では、頼りにするぞ、景』

『おうともよ、彦』

　悪さを目論《もくろ》む童の顔でふたりは笑み交わし、そうして企てははじまった。

　と、言っても、実際に動いたのはほとんどが彦三郎である。彼は綿密に赤森らの去就を探り、その動向を推測した。驚くべきか、押し込みの人数も刻限も侵入の手口も、全てがその読み通りとなっている。事態は彦三郎の掌《たなごころ》の上で推移したと言っていい。

　だから――

『オレにも少しは功名をくれないか』

　いざ押し込みを働かんとする赤森らの姿を確認するや、景久は友人にそう告げた。せめてここから万全に働かねば、立つ瀬がないというものだ。

　余人からは逸《はや》りとしか見えぬ景久の語に対し、彦三郎は軽くその肩を叩いて告げた。

『あやつらのことは、お前の責ではない』

　赤森を歪めた一因は自分で、ならばこうなるまでにもっと良い対応があったかもしれない。やはりオレは上手くできぬのだ。

　つい先日赤森嘉兵衛に気づいた景久は、そのような罪悪の心地を覚えている。自らの失態であるならば、せめて自らの手で終わらせようと考えている。

もののよく見える友人には、景久のこの悔いが明け透けであったのだろう。

『全ての人間を自分が変えられると思うのなら、それはお前の傲慢というものさ』

気遣いに微笑で謝意を示し、それから景久は向野屋親子へ向けて一礼をした。

彦三郎の案では、向野屋の人間は全て旅籠《はたご》に逃がす予定だった。赤森らに備えを感づかれる恐れもあったが、万が一にも危難を及ばせぬための措置である。

が、向野屋の主人である庄次郎とその娘のりんはこれに肯《がえ》んじず、今夜もこの場に居残っていた。

それは一面識もない若侍どもに家を預けるを愚としたのではなく、自分と彦三郎を案じ、見守る気概であるのだろうと景久は感じている。

向野屋親子は、景久らに対する不思議な厚意を覗かせてくれていた。

何くれと声をかけ、飲食を差し入れてくれるばかりではない。そもそも鷹の羽組と秋月の話に耳を傾け、すんなり信じて警護を任せてくれたところからしてありがたいことなのだ。

向野屋にしてみれば、景久らの事情など一顧だにせず、奉行所に訴え出た方がよほど早く安全であるのだから。

名の通った金貸しにしてはいささか不用心な信と言えるが、それを為したのは池尾の名か、佐々木の名か。いずれにせよ自分たち若輩の手柄ではあるまい。

彦三郎のみならず、このふたりの厚情にも応えねばなるまいと、景久は眼差しを鋭くする。

そのまま外へ、夜の闇へ滑り出んとするところへ――

『あの、お腰のものをお忘れです』

背後から、慌てたりんが声を上げた。

武士たる者は戸外に出る折、必ず二刀を手挟《たばさ》むのが建て前だ。事実、景久もその装いで向野屋へ来ている。しかし彼は今、丸腰のまま修羅場へ臨もうとしていた。

『ご心配なく。自分は剣術《やっとう》がからきしですので』

対して、景久は鷹揚《おうよう》に首を振る。

安堵させるつもりで述べた言葉だったが、今ひとつ伝わらなかったようだ。りんは戸惑いに眉を寄せ、より不安を募らせる様子である。さらに物言おうとするところへ彦三郎の視線を受け、不承不承の体《てい》で控えた。

あの日の礼も言いそびれていることであるし、早く片づけて憂《うれ》いをなくしてもらおうと、景久は足音を忍ばせる。向かう先は赤森らが屯《たむろ》する、店裏の路地であった。彼らが身を潜めるほどよい物陰は、彦三郎がわざわざ廃材を手配して事前に築いておいたものだ。つまり池尾彦三郎という男は、見えない糸で繰るように赤森たちの行動を自在にしている。

景久が抱いた友人への賛辞は、こうした手際を目の当たりにし改めて生じたものだった。

「揃いも揃って不思議なことだ。まさか流行りの鷹の羽にかぶれ、盗人振る舞いに及ぼうというのではあるまいね」

赤森らと向野屋の間に割り入った景久は、問いの形で言い当てる。

挑発的な彼の語へ、赤森は反射的に強く怒りを滾《たぎ》らせた。取るに足らないはずの羽虫が、また道を遮るかという赫怒《かくど》である。

「だとしたら、どうする」

ぞろりと殺意が凝《こご》る声音だった。

「仮に我らがこれより向野屋に討ち入って家人を斬り、家財を奪うつもりだとして――ならば、それでどうするというのだ。貴様に一体何ができる」

「秋月の恥かき風情が見栄を張るな。痛い目を見たいのか」

「負け犬ならば犬らしく、人様の顔色を窺って潜んでおれ。鳴き立てるなら、棒で打たれるばかりとなろう」

頭目の放言に、雨足、海綱の両名が唱和する。

彼らふたりの反応は、赤森のそれよりもなお傲慢だった。なんだ、とばかりに鼻で笑ってのけたのである。

彼らの中に、景久への侮りがあるのは事実だ。しかしこの嘲笑は、平静を取り戻すべくの心の働きが主であろう。盗賊行為を見咎められた狼狽《ろうばい》を、相手を見下すことで安心にすり替えたのだ。

雨足、海綱ともに、信仰を赤森と等しくする。こんな取るに足らない男であれば、如何様《いかよう》にも処分が叶う。ゆえに、何を案じる必要もないとふたりは断じたのである。手早く取り除ける小骨にすぎない。なんの支障も出はしない。そのような、景久を敵とも人とも見做さぬ思考だった。

「ああ、それとも貴様、今更交ぜてほしいのか？」

「なるほど、向野屋の娘に懸想でもしたか」

「ならそこに這い蹲《つくば》って待っていろ。我らが戻るまでそのままでおれば、貴様にも味わわせてやらなくもない」

赤森が、さも今気づいたというふうに肩を竦める。浮かべるのは、凌辱《りょうじょく》を匂わせた嗤笑《ししょう》だった。

「なんだその目は。まだ自分に何かできるとでも思うのか」

「睨《ね》めるばかりでは何も変わらんぞ。止めたければ腕尽くで来い。まあ、腕があるならの話だが」

「秋月外記も病み衰えた。我々を掣肘《せいちゅう》しうる者は、最早御辻にないのだ」

肥大化した自意識を共有し、狭い世界で頂点を気取る。彼らは自分たちを、御辻最強の武力集団とでも考えるようだった。

陋劣《ろうれつ》のさまに、景久は深々と嘆息をする。

「そんな真似をして楽しいのかね？」

答えを知った上での先の問いとは異なり、今度は心《しん》からの疑問だった。

人も、物も、信頼も。壊してしまうのは簡単だ。

だが一度損なわれたものは、決して元には戻らない。時を経れば治癒とて起ころう。だが回復したところでその形は、どうしようと生《き》のものとは異なってしまう。

ゆえに佐々木景久は身を縮めて生きる。

綺麗なものを、触れて壊してしまわないように。取り返しがつかないことを起こさぬように。笑われようと見下されようと、温かで優しい感触たちに大事がなければそれでいい。幸福に微笑む人を見るだけで、彼は幸福だった。

自分は好日を楽しみ、春酒に酔う侏儒《しゅじゅ》でよいのだと、そのように景久は思っている。だから。

「ああ、楽しいとも」

景久の登場で生じた動揺から立ち直り、赤森嘉兵衛が気焔《きえん》を吐いた。

「弱きが奪われ蹂躙《じゅうりん》されて、ただ嘆くさまは上々の景色だ。それがあればこそ我が強《きょう》を実感できるというものよ」

強さとは覇に等しい。誰が頂点を咎められようか。無道は許され、非道は見逃される。万民は力を恐れ、ひれ伏すより他にない。

己の存念を滔々《とうとう》と赤森は謳い、あろうことか得意の風まで吹かしてのけた。

「そも、向野屋は悪党だ。金の力で藩を牛耳《ぎゅうじ》ろうと企てる大悪党よ。我らは天誅としてこれを正す。悪を痛めつけるのは正義の行いに他ならぬ」

自分が上と信じ、高い位置から彼が浴びせかけるのは、紛うかたなき悪意だった。

強さや正しさは美酒に似る。

誰をも心地好く酔わせ、そしてやはり酒と同じく、正常の判断を曇らせる。同じ酒を嗜む者が増せば増すほど、もたらされる無謬《むびゅう》の全能感も肥大して、やがてそれは蠹毒《とどく》となって心を汚す。強さも正しさも地に堕して、ただ傲慢の礎に成り果てるのだ。

集団となった酔いどれどもは、楽しく自分たち以外を踏み躙《にじ》る。自身の安全を保証もなく確信し、無造作に、無関心に周囲を毀《こぼ》つ。

取り返しのつかない傷を四方にもたらすありさまで——だから、景久はそれが大嫌いだった。

「死ぬの殺すのと、貴殿らは簡単に口にする。だが、本当にそういう覚悟はあるのかね。窮鼠《きゅうそ》猫を噛むの言いもある。今まさに殺されんとする者は、必死の力で抗うものだ。殺すつもりが一転、殺されることとてあろう。そういう覚悟が、本当にあるのかね」

改めて見渡す彼らの顔には、拭いようのない悪心が脂《あぶら》のように浮き出している。今抱く欲望が我が身に、係累に降りかかったとき、どう感じるのか。それを考えたことはないのだろう。救いがたい無邪気だった。

「オレは剣が恐ろしい。だから人に向けまいと思う。翻《ひるがえ》って、貴殿らはどうか。簡単に刀を抜くが、己が危地に陥った際、命乞いをしはしないかね。本気じゃあなかった。遊びだった。そのあたりの言い訳を述べはしないかね。なんというかな、貴殿らは不誠実に見えるのだよ」

諦めのように、景久は寂しく笑う。そうして、腰をわずかに落として身構えた。

「無論、覚悟があると言うなら結構だ。力があれば何をしようと構わない。それが貴殿らの流儀なのだろう。ならば、オレもそうさせてもらう」

言い放った景久から、風が吹いたようだった。その源流にある危険なものを感知して、赤森が目を瞠《みは》る。剣力を自負するだけあって、この男は敏感だった。

だが景久からの不退転の気のみを嗅ぎ取って、真っ先に動いたは海綱である。

「運のない男だ」

呟きながら滑るように間を詰めて、海綱は景久を捕らえるべく腕を伸ばした。

「もう少し賢ければ、長生きもできたろうに」

景久を侮り切った振る舞いに他ならない。

海綱は、この状況にあって平然と言葉を紡ぐ景久の態度を、知恵の回らぬ愚鈍がゆえと確信していた。そしてならば、うつけが状況を理解し、無暗と騒ぎ立てるその前に始末しようと目論んだ。

彼には柔術の心得がある。刀を抜くまでもない。脳天から逆落としに叩きつけてやればそれで済む。

が、海綱は思い出しておくべきだった。その心得をもってしても、景久をわずかも動かせなかった事実を。

駆ける海綱のずんぐりと重い体が、不意に垂直に跳ね上がった。少なくとも赤森の目にはそう見えた。巨体は屋根の高さを超えて飛び、転瞬の間に逆しまに地へ落ちる。どさりと嫌な着地をして、起き上がらない。仰向けの口からは、白く泡を噴いていた。意識のないのは明白である。

無造作に、景久が蹴り上げた結果だった。どういう技でもない。ただの力任せだ。

「言ってはならぬことを言う。してはならぬこともする」

動いた——と思うことすら、雨足にはできなかった。気づいたときにはもう景久の体が眼前にあり、鳩尾《みぞおち》に拳がめり込んでいる。彼の体は、海綱と異なり飛ばなかった。それはつまり殴打の威が、臓腑《ぞうふ》へ存分に直撃したことを意味する。

膝から地べたへ崩れ、雨足もまた、胃の中身を吐き散らして昏倒した。

「斯様な振る舞いは、童のうちで終えておくべきと思うがね」

ゆるり向き直る景久の声が、赤森の五体を射竦める。


佐々木景久は、生まれついての剛力である。筋骨の作りが常人とは異なるのだろう。景久自身に覚えはないが、乳離れする頃には梅の実を種ごと握り潰していたという。

言葉を話す歳にもなればその天賦《てんぷ》はより顕著で、父、清兵衛は我が子を人中《じんちゅう》の虎と見た。すなわち、意図せず人を殺傷せしめる天稟である。

我が子の異常な才覚を、無論ながら清兵衛は案じた。

生《き》のままに、このままに芽が伸びれば、並外れたその力は望む望まぬにかかわらず露わとなろう。

結果生じる忌避と孤独は、息子の心を必ず歪めるに違いなかった。

戦国の世ならばよかった。景久は槍ひとつで城持ちにまで上り詰めえたことだろう。が、長き泰平を経た今、人は異質を恐れ、厭うようになっている。豪傑の住まいは英雄譚の中だけと決められていた。

熟慮の末、彼は景久を、秋月外記の元へと連れた。清兵衛は外記の秘剣を聞き及んでおり、我が子にそれを教授するように求めたのである。

いかに才ありとはいえ、まだ年端も行かぬ小童《こわらわ》に秘奥を譲れというのだから、地道に鍛錬を積み重ねた者からすれば張眉怒目《ちょうびどもく》の話であろう。

だが清兵衛と昵懇《じっこん》なだけあって、外記もまた酔狂だった。

彼は景久に素振りを命じ、次いで往来を走らせた。最後にいくつか問答をして、これならばと見定めた。こうして景久は、何にも先駆けてまず、梅明かりを修める次第となった。

つまるところ、景久にとっての秋月での鍛錬は強くなるためのものではない。ともに生きるためのものだ。

既に述べた通り、梅明かりとは観察と理解の剣である。対峙する者を瞬時に見極めるその剣理は、景久が人に合わせて弱くなるために都合が良かったのだ。

余人を下に見る仕儀ではあるが、梅明かりは景久にとって必要不可欠な枷《かせ》だった。

また、外記を頼るのみならず、清兵衛は幼い頃より景久に言い聞かせ続けている。『お前は人と違うのだ。常に心してあれ』と。尊敬し信頼する父のこの言いが、景久に居所のなさを植えつけたのは明白である。

己の天与を殺し、生涯窮屈に生きるための教えを受け、しかし景久はこれを施してくれた父と師に深く感謝している。

お陰で自分は誰ひとり殺《あや》めることなく生きて来られた。嶮峻《しゅんけん》の高みの孤独ではなく、ともに笑いともに泣く友のいる今を得られた……

——腰間の他にもうひと振り、刀を用意するつもりです。

かつて彦三郎がこう告げた折、外記はなんの不安も示さなかった。彦三郎の貧弱と、赤森らの剣腕を知り尽くしながら、である。

その答えがこれだった。

剣ならば道場の末席。秋月外記のこの評価に嘘はない。りんにも自己申告した通り、景久は今だ剣術《やっとう》が不得手だ。攻防目まぐるしく、つい我と一緒に加減を忘れそうになる。

人に教える強さはないと、彦三郎が述べるも道理。景久の力量は、まったく彼個人に属するものだ。余人に伝授できる技法ではない。

だが景久に近しい者たちは、外記がこう続けることも知っている。

無手勝流ならおれも及ばぬ、と。

彼らにとって景久の敗れは、空が落ちるのを案ずるに等しかった。

その景久の武威を、再び思い知ることになったのが赤森である。

最初に来たのは前蹴りだった。

そう見極められたのは、雨足よりひと回り太い赤森の修練を示すものだったろう。が、ほとんど無意味だった。無造作な蹴り足は視認と同時に炸裂《さくれつ》し、できたのは辛うじて芯を外すばかりのこと。鍛え上げた腹筋を貫いて、凄まじく重い一撃が赤森を襲う。

一瞬、自分の腹が消失したかと思うほどの衝撃だった。蹴られた箇所から閃光のように全身に広がった熱が筋の通った痛みとして認識できるようになるまで、赤森はたっぷり数呼吸ぶんの時間を要する。

気づけば、星を仰いでいた。背には冷たい土の感触があり、それで己が仰向けに倒れるのだと呑み込んだ。路地の狭い道筋に合わせて上手く、文字通り蹴飛ばされたのだ。

頭に血を上らせて跳ね起きんとした途端、腹部に激痛が走った。まるで火薬《ひぐすり》が爆ぜたような感触に、赤森は呻いて動きを止める。

そうして、そこで気づいた。

彼を蹴った景久が、なんの追撃も行わず、ただその足掻きを眺めていることに。自分が、見下ろされていることに。燃えるような癇癪が、赤森の視界を赤く染めた。

──こんなことが。

鞘ごと抜いた刀を杖に、痛みを無視して赤森は立つ。

──こんなことが、あってたまるか！

過日のあれは誤りであったはずだった。赤森嘉兵衛こそが、佐々木景久より上であるはずだった。そうでなければならないと、彼の矜持《きょうじ》が叫んでいた。

が、その一方で彼の武辺《ぶへん》は強制的に理解させられている。

自分たちは、虎を猫と見誤った。餓虎の顎門《あぎと》の前で、のうのうと驕っていたのだ。それは白刃《はくじん》の上で舞い踊るがごとき愚挙であり、幸運にも無事運び続けた足さばきが、今宵ついに狂いを生じた。

赤森は想起している。

幼い時分の絶望的な無力感を。何をしても敵わぬのだというその心地を。勘違いだと決め込んで蓋をしていた、圧倒的な敗北を。彼が景久を屈服させんと躍起になったのは、下風に浴させることに拘泥《こうでい》したのは、この屈辱を払拭するためである。

斯様に執着しながら──否、執着するからこそ、赤森は景久を認めない。認められない。

立ち現れた現実を、消せぬ過去を、彼は再び棄却する。

弱い者、劣る者、そのように見做される者は、何をされても仕方がない。それが彼の法である。景久を上に置くことは、自分をその仕方ない側に落とすことだった。またあちら側に行くのは嫌だと、子供のように赤森は思う。それは泣き出しそうな意地であり、同時に彼の限界だった。

よろめきながらも、赤森の腕は独自に動いて抜刀する。構えたのは得意の上段だった。これよりの面打ちは、宣言して放つとて誰も防げなかった代物である。

人格はさておき、その身構えは大したものだった。臆した精神を鼓舞し、心気を奮い立たせ、それを受けて刀身は、しらじらと火炎を発するがごとくだった。

いざや斬り込まんと裂帛《れっぱく》の気合を発し、だが刃を振るうその前に赤森の体は停止する。動きの起こりよりもひと刹那《せつな》早く、いつ近づくとも悟らせずに景久が、その右前腕を掴み止めていた。

梅明かり。

それは五体に現れる兆しを読み解き、数手先の未来を知る剣である。

「ぐッ！」

みしりと、そのまま握られた。腕の骨が砕かれると思った。赤森に苦鳴を漏らさせたのは、やはり技ではない。単純な握力だ。

折られるではなく握り潰される恐怖から、赤森が身を捩《よじ》る。景久の手は予想外にあっさりと離れ、これを好機と見た赤森が、全力の袈裟《けさ》斬りを放った。死地において振るったそれは、彼の剣人としての生涯において最も鋭いものだった。会心の一刀と言っていい。赤森に満足の笑みを浮かばせたこの太刀も、しかし、届かなかった。

月へと向けて、鍔元より折れた赤森の刀が舞った。彼の太刀行きを読み切った景久が、後から振った拳で為した荒業だった。描かれる斬撃の弧はそのぶんだけ短縮され、景久の身には触れもしない。

刀を振り抜いたままの形で赤森はしばし静止し、やがて虚脱して蹲《うずくま》る。五体ではなく、心を折り砕かれた結果だった。

「剣術《やっとう》で渡れる世では、もうないのだよ」

啓示のように。いっそ優しく、景久が諭す。

「……化け物め」

辛うじて、赤森がそれだけを返した。せめてで吐いた遠吠えが、果たして痛痒を与えたか、どうか。

静かに佇む景久の面《おもて》は、夜に溶けて窺い知れない。

第三章　悪意の花

向野屋における一件は、瞬く間に城下を駆け巡った。

娯楽も刺激もない藩であるから、著名な道場と金貸しが絡む捕物が人の口に上らぬはずもない。寄ると触ると、皆、この話をした。

病床の師の采配《さいはい》を受け、これまで道場で軽んじられていた秘蔵っ子が真価を発揮するという筋立ても世人の好むところであったのだろう。景久は大いに面目を施し、城中でも挨拶を受けるまでとなった。藩侯までもが内々に顔を見に現れて、さすがの景久もこのときばかりは大層慌てた。

無論、佐々木景久の名ばかりが轟いたのには、秋月外記の意を汲《く》んだ彦三郎の工作がある。彼の智謀は風聞からすっぱりと消え失せて影もなかった。景久は自分ばかりが名を成したことを気にしたのだが、「こうしたことに関わったと知れると、また父上が騒がしい」と、当の彦三郎は涼しい顔をする。意地になった景久が、高い酒と肴を無理やり味わわせたのは言うまでもない。

そしてこれ以後、彼らふたりは頻繁《ひんぱん》に道場へ足を運ぶようになった。

近習組として忙しい彦三郎は非番の折のみだが、景久はほぼ毎日である。

これもまた、外記の意向であった。

『赤森一派が消え、奴ばらを捕らえた英雄も顔を出さぬとなれば、うちは寂れるばかりだなァ』と、この老人はしたたかに、報告に参上した景久へ吹き込んだのだ。生真面目な景久はこれを真に受け、以来精勤している。

もちろんながら相変わらず、景久の剣術は腰の引けたものだ。必要以上に強くは打ち込むまいと配慮するから、どうにも鯱張《しゃちほこば》った珍妙な動きを継続している。

が、彦三郎は友人のこのざまをも利用した。

彼が目をつけたのは、赤森一党が失せ、戻ってきた町人たちである。ひと稽古終えて息を吐く彼らを招き、剣についての座談をする。存分に剣理を語らせたのち、『では、ひとつ指南してもらおうか』と立ち上がるのだ。

武士が農民商人から手解きを受けるのだから、本来からすればあべこべである。だが藩の大身や話題の人物と気軽に話せる、またそれに稽古をつけてやれるという立場は、士分ならぬ門弟たちの自負を甚く刺激した。

どうも頼りない池尾と佐々木の若様たちを、自分らが鍛えてやろうという心地を起こさせるのだ。

つまりは、一種の人気取りだった。

みっともないからやめろという向きもあったが、『弱い者が強くなろうと足搔く。これは正しい姿勢ではないか？』と彦三郎は悪びれない。剣術道場で剣を習うなとも言えぬのだから、やがてこの声は下火となった。

これまではしなかったことを彦三郎がはじめたのは、景久の派閥を作る魂胆があってのことである。

景久の渉外術はいかにもまずい。彦三郎が不在の折は、あまり上手く座談は機能するまいが、景久とて木石ではないから、慣れればそれなりに舌も回る。話せば自然、馴染み親しむ。この交情がいざというときの助力の礎となることは、彦三郎の算盤の内だった。

加えて不出来な秘蔵っ子への手解きは、門弟たちに実際の利をももたらした。

俗に、素振り三年で初伝の腕という。基礎とはそれほどに重要なのだ。体と正しい形の学びは、技を練るのみならず、あらゆるものを育む土壌となる。

が、すぐさまに結果の見えない反復は常に面白からぬものだ。多くがこれを厭って投げ出す。

しかし優越感を伴わせる彦三郎の手立ては地道な稽古に変化を添え、見事土台作りを継続させた。

また、他者への教授が最大の学問となるは古くより知られたことである。人に核心を、肝心要《かなめ》を伝えようと自らの動きを見直し、言語化することで得られる悟りがあるのだ。

代わる代わるで景久に稽古をつける彼らは、我知らずこの恩恵を得た。景久の無様を矯正《きょうせい》するそのたびに、教える側の理解は深まり、悪癖が治るという寸法である。

無論これは、求められるまま、いくらでも立ち合ってのける景久の体力あればこそ成り立つ仕業だ。他の師範気取りに到底模倣できるやり口ではない。

加えて景久には、梅明かりの眼力があった。

体捌《たいさば》きの中にある理想と現実の齟齬《そご》をただちに見切り、よりよく正すことが彼には可能なのだ。その指摘に従えば剣技の改善は明らかで、相見互いの教え合いめいた彼の指導は好意的に受け入れられはじめている。

斯くして築かれた人の輪は、やがて利のみならぬ繋がりとなり、いつか景久の道場通いは師や友に望まれるからばかりではなくなっていた。

そんな彼にますますの誇らしさを与えたのは、先《せん》だっての父のひと言である。

『景久』

『はい』

『大きくなったな』

『はい』

夕餉の折、たったそれだけの会話を交わした。

賞賛ともとれぬ賞賛だったが、景久はじんとした震えが肌を走るのを感じた。自分でも意外なほどの感激に戸惑い、親父殿に――敬愛する人物に認められるのはこうも嬉しいことなのだと思い知った。

――わずかなりとも、償えたろうか。

黙って下げた頭をすぐに上げなかったのは、泣き出しそうに潤む瞳を晒さぬためだ。称賛を受けて感極まるなどまったく童のありさまではないか。

そんな父子の隣で、『兄上はこの頃背筋が伸びたと評判で、初も鼻が高いです！』と初名は微笑んで姦しい。

名を成した者の光の裏には、身を貶《おとし》めた者の影もある。赤森嘉兵衛、雨足九郎、海綱国重がこれに当たろう。

実際に悪行を働かんとした彼らには、蟄居《ちっきょ》が命じられた。

犯行は彼らの独断ならず、鷹の羽組の関与があろうことを彦三郎が証言している。ゆえにこの沙汰は、時をかけて吟味《ぎんみ》を進めるための前段階であった。

が、ここで予想外の事態がふたつ起きた。

ひとつは部屋住みたちの自訴である。

赤森一味を通じて、もしくは鷹の羽組を名乗る人間から直接、盗みに誘われた者たちだった。栄達の目のなく飼い殺しにされるばかりの彼らは、これを好機と思った。思いはしたが、実際に悪事を行う度胸はなかった。それゆえ甘言には首を縦に振り、けれどそのことを誰にも報せなかった。いわば洞ヶ峠《ほらがとうげ》を決め込んだ格好である。赤森らが、鷹の羽組が上手くやり続ければ、一枚噛もうと判断を保留にしたのだ。聞けば秋月の名を騙《かた》り用心棒として自分らを売り込み、そうして入り込んだ店《たな》で引き込み役として働く企てまでもが用意されていたのだという。

しかし向野屋の捕物騒ぎにより、その目論見は瓦解した。

下手をすれば赤森たちの口から、己の名が漏れることもあろう。そうなれば自身だけの問題では済まない。家を揺るがしかねない大事《おおごと》である。

進退窮まった彼らは、あるいは自ら家族の前で平伏して自白し、あるいは挙動不審を問い詰められ、己の所業を明らかにした。そして当然のように全ての家が、減刑を期待して我が子を訴え出たのである。

その数の多さが、藩の上層部をようやく慌てさせた。そうして上がった重い腰が決定したのは、赤森ら三名の磔《はりつけ》である。重刑であるが、主家への忠節を失くし私欲で盗人行為を働いた点を厳しく咎めたのだとの公布が為された。つまりは一罰百戒、盗賊ばらと共謀する者が二度と出ぬよう、見せしめにする意図に相違なかった。

この裁きが、ふたつめの予想外を生む。

それは赤森嘉兵衛の逐電《ちくでん》である。

彼の同志であった海綱、雨足の両名は、いまだ起き上がれぬままこの沙汰を聞いた。痛烈な目に遭った彼らは、自らを酔わせていた全能感を喪失し、ようやく我が振る舞いが罪科《つみとが》であると理解するに至った。また、この種の人間は徒党なくして孤立すれば脆《もろ》いものだ。はらはらと落涙し、これを受け入れたそうである。

ひとり異なったのが赤森嘉兵衛だ。

彼は上意を聞くなりその使者を襲い、二刀を奪った。そうして同行の藩士ら数名を殺害。自身の父母をも刺殺すると、血刀を下げたまま海綱、雨足の両家を訪れ、ここでも手向かう家人を斬った。斬られた内には、雨足九郎、海綱国重の名もある。床《とこ》の中で虫のように刺し殺されていたという。

股肱《ここう》であった両名までをも赤森が斬殺した理由は定かならない。

性情から窺うに、赤森は仲間を助けに赴いたつもりであったのやもしれぬ。が、両名はその手を拒絶したのだろうと思われる。磔刑《たっけい》を容れる対価として家名存続の許しを得ていたのだから、武士らしい判断と言えよう。

けれどこれは同時に、赤森嘉兵衛の逆鱗《げきりん》に触れる行為でもあった。自身の強さを、正当性を否定されることを、この男は極端に嫌う。景久に味わわされた再度の敗北によって、その程度をより増したことは想像に難くない。

赤森はそのまま逐電し、追われる身となった。まだ行方は知れぬものの、藩が威信を懸けて捜索するのだ。遠からぬうちに居所は掴まれ、討手が差し向けられることだろう。

その中には必ず、景久の名が含まれるに違いなかった。傍若無人の逃走のさまからも知れる通り、御辻藩に赤森を制せる者は他にない。

そうしたことを考えながら、景久は縁側から夕暮れの梅を見ている。

日が、長くなってきていた。道場から帰った後も、まだ夕日が梅を染めている。じきに潮路川を遡る海風からも冷たさは失せ、春が花を咲かせることだろう。普段ならば好ましい時の流れが、今ばかりは億劫だった。

『気に病む必要はないぞ、景』

赤森らの成り行きについては、重ねて彦三郎に念を押されている。もっとよい方策があったのではと懊悩する景久を知り尽くしてのことだ。

『天をひとりで支える必要はない、ということさ。ひょっとしたらお前は、ひとりで何もかもができてしまう人間かもしれん。だがもし仮にそうだとしても、実際に何もかもをひとりでする必要はない。そんなことを押しつけてくる天があったなら、そんなものは支えず放り出してしまうべきなのだ』

朋友はそう言ってくれる。確かに世の中、ひとりで成し遂げられることなど少ない。だがこのままでは自分は、馬鹿力を備えるのが馬鹿では宝の持ち腐れになるという生き見本だ。せめて彦三郎の半分、いや十分の一程度でも、先を見抜ける知恵がほしい。差し当っては、きっと命じられるであろう、赤森嘉兵衛の討手を断る口実くらいは閃《ひらめ》いておきたい。

目を閉じて唸ったところへ――

「兄上、兄上」

ぱたぱたと軽い、初名の足音がした。

「兄上にお客様ですよ」

「誰《たれ》だ？」

ごろり寝返って妹を視界に収め、景久が問う。彦三郎ならば、こうももったいぶった言い口はしまい。そもそもあれは、案内もなしに縁側へ来る。

「向野屋さん」

晴天を告げるようななんでもない口調だったが、その内容に景久はがばと身を起こした。

「の、お使いの方です」

そんな兄の反応を見届けて付け足し、初名は口元を隠してくすくすと笑う。質《たち》の悪い妹を軽く小突くと、景久は憮然と鼻をつまんだ。

向野屋の者が佐々木邸を訪れるのは、これで五度目になる。先日の捕物の礼に、一席設けさせていただきたいとの用向きだった。

本来ならば自分たちが挨拶に出向くべきだが、勘定方の清兵衛宅へ金貸しが出入りするのはよろしからぬ。ゆえに御子息だけをお借りして、という話であったが、生憎忙しくなった景久の身辺と重なって、いまだ日取りが定まっていない。此度《こたび》の訪れは、それを確定させるためのものであろう。

余談だが、五度のうち、二回はりんが来た。折好くと言うべきか折悪しくと言うべきか、どちらも景久は不在だったが、彼女の来訪を耳にした兄の動揺を見逃すような初名ではない。先の口はいまだりんへの礼が述べられていない景久の、なんとも言えない気後れを揶揄してのものに相違なかった。

とはいえ景久とて、無為に日を過ごしていたではない。過日は彦三郎に助言を求めている。

「なるほど、お初殿は面白いことを言う。いや、見事な評だ。りん殿とは先日二、三話しただけだが、俺もまったく、その通りの人物であろうと思うよ」

道場の帰途、相談を受けた友人は、まず愉快げな声を上げた。武士は路上を喋《しゃべ》りながら歩かぬ、というのが節度とされるが、まあ、建て前である。

ひとしきり笑ってから彦三郎は、まず初名を褒め上げた。渡りの鳥のくだりまでをも伝えたのは失策だったと景久は顔を顰める。

後半はきちんとぼかしたというのに、友人は妹の言いを理解しきった顔で、どうも兄を差し置き初名と気脈を通じる風情があって憎らしい。

「りん殿は金貸しの娘として、色々と嫌な思いをしてきただろうからな。自分に関わる者へも、世間が同じ目を浴びせるのではないかと懸念する向きがあるのもわかる」

「いや、そんな馬鹿なことは……」

杞憂でしかないと景久は考える。

親の稼業を口実に娘を誹る者も、その娘との交友を責める者も、ないとは申さぬが少なかろう、と。そのように、彼は自分を基準に思考する。

「あるのだよ、景」

景久の否定を予期していたように、しかし彦三郎は切って捨てた。

「残念ながら世間とはそういうものだ。一点の非を晒し上げ、道聴塗説《どうちょうとせつ》を繰り返してそれを拡散する。よその悪をがなり立て、己の正義を振りかざし、過剰な攻撃をして踏み躙《にじ》る。そも、世間という主体詳《つまび》らかならざるものがよくないのだろうな。反論も誤りも全て、『皆が言っていたこと』で誤魔化《ごまか》せてしまう。その『皆』に己を含めるも含めぬも自由自在、なんとなれば自分も騙されたのだと糊塗して、口を拭って責の所在は知らぬ素振りさ。そんな振る舞いの方がよほど正しからぬと感じるが、集団や匿名というものは、人を惑わせずにおかぬらしい」

実感の籠もった口ぶりは、池尾の嫡子としてか、近習組の一員としてか、いずれにせよ彦三郎が経たであろう体験を思わせるものだった。

人間《じんかん》の、形ならざる悪意。この感触を呼び水にしてか、景久の胸にふと、あの春宵の嘆きが過《よぎ》る。

――父は、よくない商いをしています。悪事ではありませんが人に好かれない商売で、だから、私にも色々とあります。

どうやらそうしたものは、景久の想像の埒外から飛来するようだ。まったく、世間には気苦労が多い。

「風聞が真か偽か、そんなもの本人に触れればすぐさまわかることであろうになあ」

「それをしないのが世の中さ。釈尊《しゃくそん》は偉いと誰もが言う。だがどう偉いのか、その中身を語れる人間は少ない。同じことだぞ、景。今やお前を知る者よりも、お前の噂を知る者の方が多い」

彦三郎の指摘は、景久をしてなるほどと唸らせるものだった。確かに向野屋の一件以来、等身大でない自分を見る目を多々感じている。

「とまれ肝心なのは、鳥が仲間を遠ざけるべきだったかどうかではない。その鳥が、遠ざけるべきと信じ込んでしまっているということだ。信じて、孤独にあろうと決め込んでしまったことだ」

同情の色を浮かべて呟き、彦三郎は「この掌《て》に利剣あらざれば、結友、なんぞ多きを須《もと》めん」と結んだ。いずこよりかの引用であろう。

「だが、そうするとだな、彦。立ち戻って疑問が湧く。そのように他人を遠ざける気質の持ち主が、どうしてわざわざオレを助けたのかね？」

道場前での騒擾は、普通ならば見て見ぬふりをする剣呑なものだ。事実、りん以外の者はそうした。ゆえに、景久はそこが解《げ》せない。

「優しい心根の娘御が優しい振る舞いをした。これで済む話ではないか」

ふむ、と頷きはしたものの、景久に納得した様子はない。それを見て取った彦三郎は、

「まあ、別の答えとてなくもない。たとえばりん殿はお前と昔日の縁があり、実はその頃よりお前を慕っている、とか」

「彦」

「なんだ」

「お前、それだけはないと思っているだろう」

「ははは」

「誤魔化すな」

「誤魔化してなどおらんさ。常々言っているだろう。俺はお前を大したものと見ているのだ。ならば、そういうこともあるかと考える」

不満げな友人を宥めるように、彦三郎はひとつ肩を叩いた。

「それほどに気がかりならば、早く礼に行けばいいだろう。自分で言ったばかりではないか。その人を知りたいのなら直接触れるが一番だ、と」

「……それはまあ、そうであるのだが」

「歯切れが悪いな。そう言えばお前、先日向野屋に邪魔した折も、誰とも話さぬようにしていたな。らしくない仕業だが、なんだ、庄次郎殿か、りん殿に隔意でもあるのか」

ぐっと詰まった景久は、足を止め、空を見上げる。そうして散々に逡巡した挙句、ようやくに告白をした。

「これはお前にだから言うことだ。口外法度《はっと》で頼む」

「うむ」

「なんというかな、我ながら不思議な心地なのだがな」

「うむ」

急かさず、彦三郎は友人が存念を言葉に編み上げるのをゆったりと待つ。

「……この縁をこれきりにはしたくないと、そのようにオレは感じている」

ようよう語られた胸の内に彦三郎は目を瞠り、それから安堵のように微笑んだ。ばんばんと強く、幾度も景久の肩を叩く。

「なんだ。どういう心境だ、彦」

「いや、何、お前にもそういうことがあるのだと思ったら、無性に、な」

人を遠ざける気質が、我が友にもあることを彦三郎は把握している。踏み壊さないように、握り潰さないように。手足を縮《ちぢ》こめ、景久が窮屈に生きることを知っている。初名の語る冬鳥が、景久をも指すのだと理解している。

だから斯様なごくありふれた感情の発露が、至極《しごく》平凡な心の動きが彼の身に起きたことを、ひどく嬉しく思った。

「ご存じか、佐々木景久。世間ではな、それを惚れた腫れたというのだよ」

「馬鹿を言うな。そもひと目顔を見てそのように申すのは、軽佻浮薄《けいちょうふはく》の限りだろう。外見《そとみ》で人を推し量るのは、噂でその人を知ったつもりになるのと同じだ。よろしからぬことだ」

「しかしまあなるほど、それでりん殿との距離を測りかね、懐かぬ猫のようにしていたのか。まったく、お前ときたら生真面目なことだ」

「笑いごとではない」

「うむ、すまなかった」

「まだ笑うか」

大笑して涙を拭う友に憮然とし、景久が歩を速める。彦三郎は慌ててその背を追った。

「そう怒るな。そもそも話はそのりん殿へ、どう礼を述べるかだったろう。知恵を出してやる」

現金にも足を緩めた景久と再び肩を並べる。

「なんにせよ、まず顔を合わせることだ。逢ひ見てののちの心にくらぶれば、などとは言うが、まず会わなければ話がはじまらん。なに、難しく考える必要はない。お前にも、向野屋からの招きがかかっているだろう？」

うむ、と景久は首肯した。

　彦三郎がわざわざ確認したことからも知れる通り、向野屋は彼と景久を別々に招待している。個々に宴席を設け、歓待するつもりであるらしいのだ。藩の大身である池尾相手にいい加減な振る舞いはできぬという理屈だろうが、一緒くたに扱ってくれれば気楽なものをと景久は思わずにいられない。

「進物を用意して、その席で感謝を告げればいい」

「一体、何を贈れば──」

「進物の中身については俺に訊いてはならん。その人のために時を費やし、自分の頭で考えろ。そうやって捏《こ》ねた理屈を、きちんと、簡潔に相手に伝えろ。そうして話題を作れば話も転がる。互いにどんな人間かも少しは知れる。物自体への好悪はさておき、贈った側を不快に思う人間はないさ」

　彦三郎の言いを景久はしばし咀嚼《そしゃく》し、またしてもううむと唸った。

「それはお前のような面差しと弁舌があればこそのことなのではないかね。なんとも思わぬ相手から物を押しつけられたところで、迷惑なばかりとも思うが」

「安心しろ。俺の見るところ、お前はりん殿に好かれている」

「戯言を」

「いいや、本気さ。赤森のような偉丈夫を女の身で掣肘するには一方《ひとかた》ならぬ度胸が要ろう。

であるのに、りん殿はそれをしたのだ。少なくとも、なんとも思わぬということはなかろうよ」

無論その一事ばかりでなく、捕物の夜、向野屋で見たりんの挙措《きょそ》も彦三郎は加味している。景久に対する彼女の振る舞いを思い返せば、決して脈がないものではない。

「……」

「なんだ景、黙りこくって。嬉しくでも思ったか」

「今日は邪推がすぎるぞ、彦」

「かもしれんな。春の兆しに浮かれたせいとしておいてくれ。花見の酒が、今から楽しみでならぬのさ」

斯様な、助言とも言えぬ助言を受けたのが先達《せんだっ》てのことである。

友を信じ、考え抜いて進物を購った。決戦の日取りを定めるならば今こそが相応しかろう。眦《まなじり》を決し、景久は客人の応対に立った。

結局景久が向野屋へ足を運んだのは、それから二日がすぎた宵の口だった。

彦三郎は料亭に連れられ洒脱に遊んだそうだが、景久が招かれたのは店《たな》へである。仕出しを頼んでの会食は、景久を彦三郎の下と見ての仕業ではない。単にかしこまった席が苦手だと繰り返す景久への配慮だった。

刻限についても、彼の強情によるものだ。向野屋は一日商いを休んでもてなすつもりでいたのだが、あまり迷惑はかけられぬと景久が言い張り、このような時分の催しとなった。気を回しすぎて異なる思惑を勘繰られているのだが、無論景久は知る由《よし》もない。

道場稽古を終え、汗を流してからの訪《おとな》いである。

景久が到着したときには既に明かりは落とされて、向野屋はすっかり店じまいの顔をしていた。けれど彼が表に立つのと、小僧がすっ飛んできたのとはほとんど同時のことだった。よくよく、主人に言い含められていたものと見える。

その案内で奥座敷に通された景久をまず迎えたのは、贅沢《ぜいたく》に眩《まばゆ》い八間《はちけん》の明かりだった。思わぬ光の強さに目を細めたところへ——、

「ようこそお運びくださいました」

ものやわらかに立って挨拶をしたのは向野屋庄次郎である。

病を案ずるほどに線が細い、およそ押しの必要な稼業とは思えぬ男だ。しかし、腰も低く声音も穏やかだが、それでいて腹を読ませない風情もあり、やはり油断のならぬ人物なのだろう。

だが先日、捕物で邪魔した折に景久は彼の目を見ている。ふとした拍子に見せるその色はひどく優しい。その心配りは娘へのみならず、彦三郎や景久にまで注がれるもので、庄次郎

の根にある篤実《とくじつ》を表すように思われた。

「先日は手前らへの御払い、誠にありがとうございました。本来ならばこちらが出向かねばならぬところをお呼びたてして、心苦しいばかりです。さ、どうぞこちらへ。お詫びと申してはなんですが、当夜はお楽しみいただければ幸いにございます」

親しみを示してか、庄次郎は手を握らんばかりに寄って挨拶をすると、景久を上座に据える。

イ草が香りそうに真新しい畳の上には、三人ぶんの膳が調《ととの》えられていた。となればもう一名、同席があるのだろう。それが誰であるかは想像に難からず、景久は手のひらが妙な汗を掻くのを感じた。

「改めまして、この向野屋庄次郎、佐々木景久様へ感謝の存念申し上げたくございます。佐々木様方のお働きなくば、当家は憂き目を見る羽目となりましたでしょう。ご慈恩賜れました幸いありがたく、おふたりには後日必ず、報じさせていただかねばと心を定めております」

景久の着座を待ってから正面に端座し、庄次郎は手を突いて礼をした。

「とんでもない。オレなどは先生と彦……池尾殿の差配に従ったばかりのことで」

「ご謙遜を。三人の武人を刀も抜かずに制するそのご武勇。そうそうあるものではございますまい」

それだけでも景久を戸惑わせるには十分な仕業であるのだが、庄次郎は続けて切餅を載せた三方を捧げ――

「ご無礼ながら、寸志にございます。お納めください」

「あ、いや、これはいけない」

「池尾様にもお受け取りいただいておりますれば」

言葉のみを頂戴《ちょうだい》して金子《きんす》は押し留めようとする景久だが、庄次郎は穏やかに笑って少しも引かない。やはり商人の物腰である。

「佐々木様」

弱り切った顔をしたところへ、静やかな声が割って入った。押し問答のうちにやって来たのだろう。座して襖を閉めたりんが、向き直って景久へ一礼をする。それから音も風も立てない歩みで父の隣に端座した。

相も変わらず、芯の通った美しい挙措だった。作法の上手《じょうず》は剣の上手に酷似するというが、まさしくそれであろう。すっと伸びた背筋に、姿勢のみならず品の良さが漂っている。

「私よりも御礼《おんれい》申し述べさせていただきます。命冥加《いのちみょうが》は神仏のみならず、貴方様のお陰あってこそ。ですから是非、こちらはお受け取りください。金銭での感謝はお見苦しいやもしれません。けれど救われた者にとって、なんのご恩返しもできないことこそが心苦しいとお含みいただければ幸いにございます」

説かれるがままについ頷きかけて、いかんいかんと景久は首を振る。

「だがそれを言うならば、おりん殿には先日の恩義がある」

そう返すと、りんが思い出したように口に手を当てた。ぴんと気を張る折り目正しい仕草から、ふと覗いた年頃の娘らしい油断である。

「あの折は、出すぎた振る舞いをいたしました。お恥ずかしい」

「いやいや、オレは処世が上手からぬゆえ、大変に助かりました」

りんへ向き直った景久が庄次郎を倣うように叩頭《こうとう》すると、彼女もまた応じるように手を突いて申し述べる。

「とんでもない！　顔をお上げください。佐々木様なら如何様にもなされたでしょうに……」

「まさか。自分など所詮、道場の恥かきです」

言い合いつつ交互に頭を下げ続け、やがて可笑しくなって笑みを零した。

「ならば助け助けられ、これで相子《あいこ》ということで」

「いえでも、私の方には利息がありますから」

奇妙な物言いに首を傾げると、りんは失言をしたとばかりに目を伏せる。

「まあ、そのくらいで」

と、ここで庄次郎が娘の狼狽を庇った。

「あまり問答を続けていては、心尽くしも冷め切ってしまいますからね」

りんを促し、景久と対面する形で整えられた膳の前に親子で座る。なんでもない振る舞いめくが賢しいことに、包金《つつみがね》は据えられたままだった。

それでも逡巡する景久だったが、向野屋の微笑を受け、やがて諦めて、「頂戴いたします」と懐へ納めた。胸の内では、初名に渡せばよい使い道をしてくれるだろうと考えている。

「では代わりにと申してはなんですが、こちらを」

持参の包みから取り出し、恐る恐る差し出したのは羊羹《ようかん》だった。思案の挙句、景久が選んだのは甘味である。女性《にょしょう》は甘味と顔のいい男で釣るべしとの信仰は、いまだ彼に根強い。

砂糖は徳川吉宗の頃に国産化政策が打ち出され、諸藩で生産が進んでいる。この影響を受けて隆盛したのが菓子であり、特に羊羹は蒸し羊羹から煉《ねり》羊羹へと変遷し、後者の価格は前者に倍する高級品となっていた。

このあたりの感覚は今日《こんにち》とは大きく異なるところで、たとえば当時、羊羹は客の食すものではなかった。茶菓子として出されたとしても、客は茶だけ啜って帰るのが当然であったのである。

羊羹は幾度も使い回され、やがて水分が抜けて薄氷《うすごおり》のように砂糖を吹いた頃、やっと亭主の腹に収まるものだった。供された羊羹を素直に口にして睨まれる、などとこの滑稽《こっけい》を詠んだ川柳も今に伝わる。

　景久が購った煉は、しかも池尾の伝手を頼んだ上物だった。あ、とりんが嬉しそうな声を漏らし、恥じらって口元を押さえる。

「澄まし顔をしておりますが、こう見えて舌は童なのです」

　一礼して進物を領受しつつ、庄次郎が父親の笑みを浮かべた。

「縁日に行けば、いつも子供の好むような飴を必ず――」

「父上！」

　りんにしてみれば後ろから撃たれたようなものである。だが娘の叱咤《しった》を親は素知らぬ風情で受け流し――

「おや、今日は一体どうしたのだい。いつもは父上だなんて、気取った呼び方をしないだろう」

「……どうもいたしません」

　拗ねた仕草で、りんはぷいとよそを向く。

　向野屋の親子仲は、すこぶる良好であるらしい。初名に踏まれる醜態を指し、「睦まじいことだ」と述べる彦三郎の心地を、少しばかり解したように景久は思う。

　そうした彼の視線を察したりんはさらに顔を赤くして、すらりと席を立ち襖の向こうに消え失せた。

「ご安心ください」

気分を害してしまったかと案じる面持ちを読み取って、庄次郎がそう告げる。

「燗《かん》をしに行ったまでです。佐々木様は、酒《ささ》を嗜まれると聞き及びますから」

「彦……池尾の口ですね」

「さてさて、これは失言でした」

家人《けにん》には任せぬのだなと思いつつ問うと、庄次郎はするりと額を撫で上げた。

改めて膳部を見れば、並ぶのは海鮮が主を成している。刺身に煮つけ、焼き物と手を変えて、香りからすれば吸い物も潮汁だ。

御辻の海は水温が低い。春先でも手が切れるような冷たさである。それが魚の身を引き締め甘く脂を乗せるのだといった。そして潮路の川を遡り城下へ届く鮮魚らは、景久の甚く好むところであった。

庖丁《ほうちょう》は料亭によるものなれど、献立の指示は向野屋だろう。となれば庄次郎はもてなしに備え、予め彦三郎から、景久の嗜好《しこう》を聞き取っていたと思われる。

その厚意へどう謝すべきか。よい文句が浮かばず、迷った景久が口を噤む。すると庄次郎も沈黙し、どこか値踏みの気配で彼を見た。

「……親子の仲がよろしいようで」

「ええ。幸いにも、今は」

先の光景への感慨を場繋ぎで舌に乗せると、向野屋は意外な言葉でこれを受けた。

「もう、十年近く昔になりますか。あの子と、大喧嘩をしたのですよ」

言いながら、金貸しは懐かしむように目を細める。

「もちろん、取っ組み合いをしたではありません。膝を突き合わせて丸々一晩、腹蔵なく語らっただけのことです。ええ、大分言葉で殴られましたよ。ただの子供だとばかり思っていた娘が、ああも思い詰めていたとは少しも気づきませんでした。逆に言えばそのときまで、親子の語らいというものをしなかったのだから情けない話です」

声音には自責が強い。よい返しは浮かばず、景久は庄次郎の饒舌《じょうぜつ》に任せる。

「言い訳させていただくのなら、当時は妻を亡くして少しの頃でしてね。手前は自分の寂しさばかりに気を取られ、そのぶん稼業に精を出しておりました。あの子の寂しさを見ていなかった」

「親子といえども別の人間です。何もかもをわかり合えはせぬでしょう」

我が父と自分を想起して、景久がぽつりと呟く。だが庄次郎は笑んで首を横に振った。

「そう仰っていただけるのはありがたいことです。けれど佐々木様はお武家様、清廉潔白の御身分です。対して手前は金貸し稼業。恨みも何も買う身です。だから、娘がどういう目を浴びるかも考えてやるべきだった。そもそも手前も、小さな時分はよくやられていました。『お前の家は汚い家だ、因業の商売だ』と、子供同士の付き合いから弾かれましてね。いやいや、幼いというのは残酷だ」

確かに童は容赦がない。歯に衣を一切着せぬ。だが大人が皆惻隠《そくいん》をするかと言えばまた違おう。むしろ秘めて陰湿になるだけ、質が悪いとも言える。もちろん景久以上に、向野屋庄次郎はそのことを承知だろう。

「だというのに手前は、すっかりそんなことを忘れて、娘を放っていたのです。愚かしいじゃありませんか」

年嵩《としかさ》の男の身を切るような後悔を、慰撫する言葉を景久は持たない。彦三郎のごとき弁舌があればと、こうした折に悔やんでばかりだ。

「その上、手前の渡世がなまじっか上手く運んだのがよくありませんでした。うちは富貴になって、すると手前の後妻に納まろうって手合いが出てくるんです。そしてそういう小賢しい女はね、大抵手前よりもりんに声をかけるのですよ。子供の方が絆《ほだ》しやすいと思うのでしょうね。だがらあの子は見てるんです。自分に優しく接してきた相手が、不意に変貌するさまを。人間が欲に目を光らせ、本性を曝け出すそのさまを、幾度も」

八間を仰ぎ、庄次郎は目を閉じる。そうしてなんとも言えぬ息を、ふっと吐いた。

「大人ってのはもっと立派なものだと、人ってのはもっと優しいものだと、そう信じさせてやれたらよかったのですけれどね」

「ですが向野屋殿は、今、それをなさっているかと」

「いいえ、手遅れでした。手前が知る前にあの子が受けた痛みは、そのまま瑕になってしまいました。だからりんはね、今でもどこか子供のままなのですよ。大層臆病なまま、甘え方を知らないまま背が伸びてしまった」

　自分を不出来な父だと自嘲する彼を見て、景久は不器用なことだと思い、また我が家のことを顧みて、世の中とは難儀なものだと目を瞬いた。同時に父にも、清兵衛にも、このような逡巡があるのだろうかと、ふと思う。

「おっと、これは失礼をば。辛気臭い余計を申し上げました」

「いいえ。伺うしか能のない身を恥じ入るばかりです」

　そう会釈を返すと、庄次郎は笑んだ。柔和だが、どこか意を決した色が目の奥にある。

「とまれ、です。娘が手前と喧嘩をした裏には、ひとつの縁がありまして。実はあの子がひとりで泣いていたところへ、声をかけてくださった方がいたそうなのです。その人の言葉で、手前と腹を割って話す勇気が持てたのだとか。もしそれがなかったなら、この家はさぞ冷え切っていたことでしょう。まあ、我々親子にとっての恩人ですな」

「ほほう、そんな御仁が」

相槌《あいづち》をしながら、景久は思っている。

彼女の昔を知れば　今のりんの在り方は見事という他にない。

が、その父がああ言うのだ。臆病で幼い部分もまた、あの娘は持ち合わせるのだろう。

それでも、いくつもの瑕を抱えながら、彼女は昂然と、平然と、華奢な背を伸ばして世の風と向き合っている。沈着に、冷静にさまざまを見据え見透かして考慮し、ひどく巧みに人《じん》間《かん》を渡りゆくかに見える。

景久に憧憬を抱《いだ》かせずにおかない姿だった。

ただ優しく生まれついた人間よりも、辛苦を経てなお優しくあれる者こそ立派、と景久は見る。

向野屋親子は、揃ってその美点を備えるようだった。己を歪《ひず》める昔があろうと、それを糧に、やわらかな呼吸を紡いでいる。互いと周囲へ幾重にも、羽毛のように思いやりを折り重ねるありようは、とても好ましいものだ。

人は何ひとつ顧みず、ありとあらゆるものを傷つけることができる。同時に誰かを思いやり、その心を当人より深く解することもまたできる。

双方の可能性を備えた可塑《かそ》の生き物と知るからこそ、斯様な生きざまを目にしたとき、景久の胸は幸福と憧憬とで満ちる。それは花開いた絶佳《ぜっか》を眺むる心地だった。

「苦労をかけたぶん、娘にはそんなよい御人のところへ嫁がせたいものです」

「なるほど、わかります」

景久の返答に、庄次郎は空振りの面持ちで口を噤む。想定と大分反応が異なって、話の接ぎ穂を喪失したのだ。

戸惑った景久が、座布団の上の尻をもぞつかせた。どうにもこの座り心地には慣れない。座布団などというものは戦場にない。だから常在戦場の理屈を適用し、武家ではこれを用いない。いささか滑稽な美意識が、侍たちの生活を縛っている。

「……ええ、有り体に伺いますが、佐々木様は――」

両者ともに当惑するがゆえ、庄次郎の次の言葉は不用意な、至極直接的なものとなりかけた。が、まさに問いかけんとしたそこへ、燗番を務め終えたりんが戻った。ちろりを盆に載せ、折り目正しい足運びで上座へ向かう。隣に端座され、酌などさせるわけにはと景久が慌てた。

そのさまを見守りながら、娘は我が手によらぬ詮索を好むまいと庄次郎は考える。確認を諦め、続けかけた言葉を引き留めた。

「盃をお受けくださいい、佐々木様」

代わりに、悪戯心《いたずらごころ》で告げた。

「才女気取りで浮いた噂のない娘ですが、佐々木様には気を許す様子。此度のみでお見限りとならず、三度九度とお運びいただけましたら、手前は重畳に存じます」

「いや、それは」

「おっとう！」

景久の絶句とりんの叱咤を耳に、向野屋庄次郎は呵々《からから》と笑う。

佐々木景久が退席したのは、それから一時《いっとき》ばかりを過ごしてのちのことである。

無礼と思われるのを承知で娘のみを見送りに行かせ、庄次郎はこの若者の印象を反芻《はんすう》していた。

金貸しとして、土壇場の人間を見続けてきたせいもあろうか。人間というものは顔に出ると、向野屋庄次郎は考えている。

今現在心に抱く感情のみならず、その人物の在り方、生きざまといったものが、相貌には現れる。庄次郎が「似ている」と感じる顔の人間同士は、不思議とその気質も似通うのだ。

その伝で行くと、佐々木景久という男は実に複雑だ。今までに見たどの人間の形にも類型がない。

言うなれば、外れているのだ。生まれ場所か生まれ時、あるいはその双方を誤っている。

決定的に周囲とは異なる自分を、その根に抱えている。

それでいて、彼は自分の形に世を変えようとはしていない。むしろ時に合わぬを身の咎にして、人の枠に自らを押し込めようとする感がある。

もし周囲の慈しみが欠けていたなら彼は早々にこの努力を放棄して、人心を解さぬ非道無残の輩《ともがら》と百世に悪名を轟かせていたのではあるまいか。およそ厄介極まる人物である。我が子の幸福を希《こいねが》う身としては、あまり薦めたい相手ではない。


「──それでも」


飲み残しの茶を啜り、庄次郎はひとりごつ。

「それでもお前は、佐々木様がよいのだろうね」

酒はさして含まなかったが、どこか酔いの心地があった。

おそらく、春の兆しにであろう。


「左馬之助《さまのすけ》、後藤《ごとう》左馬之助はおらぬか！」

赤森嘉兵衛が胴間声《どうまごえ》を張り上げたのは、御辻の南、街道外れの廃寺にてだ。

潮路川の治水が叶って以来、御辻の流通は水運、海運が主体となっている。自然山間の街道を行く者は減少し、つれて道沿いの村々からも住人が離れた。

海沿い川沿いに人手のほしい藩の奨励もあったが、狭い田畑《でんぱた》を細々と耕し続ける生活よりも、活気溢れる豊かな暮らしを誰もが望んだ結果である。米よりも金が重視され、土地よりも利に根づく人間が増えたのは、時代の変遷と言えよう。

そうして村は死に、寺も死んだ。

つまりただ今、夜の境内に屯《たむろ》するは、寺社や信仰とはなんら関わりのない人間たちなのだ。士農工商老若男女を問わず無頼から貴人まで、篝火《かがりび》の中をあらゆる身分の人影が行き来するこの寺こそ、鷹の羽組中核が現在根城とする場所だった。

捕吏《ほり》の手を逃れた赤森は、かつて一度訪れた盗賊どもの宿へ再び足を踏み入れていた。呼ばわる後藤左馬之助とは、組の首魁の名である。

それを喚《わめ》き立てたのだから、当然剣呑な視線が赤森に刺さった。

警戒や殺気より胡散臭いものを見る色が強いのは、赤森の風体によるところが大きい。長くはない逃亡生活ながら、彼は野人のごとき形《なり》をしていた。着衣を汚すのは泥と垢《あか》のみならず、返り血の量こそが多い。

しかし、赤森に気に留める素振りはなかった。

なぜなら自分は強いからだ。

この寺内の人間いずれをとっても我に及ぶはなしと、彼はそう見下している。ふんぞり返って決め込んでいる。その気になれば片端から首を刎《は》ねるのも容易だと、赤森嘉兵衛は信じ込んでいた。

——そうだ。おれは強い。強い強い強い。誰よりも強く、ゆえに誰よりも自由だ。

全てを喪失したあの夜以来、彼は念仏のように己の強《きょう》を言い聞かせている。獣めいて狩りたてられた日々が鑢《やすり》となって、彼の精神をさらに擦り減らしていた。真槍の穂のごとき鋭い危うさが、その相貌に露呈している。

泥水を啜り野盗を働く逃亡の最中で、赤森は自問し続けていた。

どうして自分がこんな目に遭わねばならない。追われ、逃れねばならない。なぜ窮屈に肩身を竦めて潜まねばならない。こんなことは他の誰かが、弱い者がすることだ。自分に相応しい境遇ではない。

だというのに、どうしてこうなったのか。

答えは明白で、佐々木景久に敗北を喫したからだ。

だがあの敗れは何かの間違いだ。知らぬ間に卑怯卑劣を施されたに決まっている。きっと池尾彦三郎だ。あの腰ぎんちゃくが、またしても策略を弄したのだ。そうだ。違う。断じて違う。赤森嘉兵衛は負けてなどいない。強いのだ。強いままなのだ。間違いは正されねばならない。

最早赤森が狂念のうちに見るはただひとり、佐々木景久のみである。

だが彼は同時に、心底では理解していた。させられていた。

景久の眼中に、自分の姿はない。

嘉兵衛は景久を見下し続けていた。常に視界の端に捉えて、意識し続けてきた。

けれど景久は違う。彼の見る風景に赤森は存在しない。路傍の石と同じく、気にも留めていない。佐々木景久はこの赤森嘉兵衛を、下に見てすらいないのだ。

――ようやく思い出したぞ、赤森。

あの一言は、まったく嘘ではなかった。

この上ない侮辱である。

弱者を踏み台に高みへ登るのが赤森嘉兵衛だ。何を踏んだかなど歯牙にも掛けず、傲慢に、尊大に振る舞ってきた。その自分が逆に踏みつけられるなど、決して許せぬ所業である。

ならば、と彼は思う。ならばこちらを向かせてやる。振り向かせて、一生忘れられなくしてやる。それほどの恐れを、貴様にも刻み込んでやる。

復讐心を滾らせ、そのためにはより大きなものを手に入れる必要があると彼は感じた。

自身の力に驕る赤森は、大海を想定していない。彼の視野は狭く、応じて世界も狭まった。

そのような道を歩んできた。

ゆえに彼は考える。自分にならば、いかなる仕業も容易であると。盗人の頭領を弑《しい》し、その組織を従えるなど容易《たやす》いと信じ——そうして、彼の知る最大の無法にして最大の悪を我が物とせんと目論んだ。

その対象が鷹の羽組であったのは、不運にして不幸なことである。

「なんだ貴様、まだ生きていたのか」

狂犬じみて落ち着きなく左右に目の玉を動かし続ける赤森へ、そう、声がかかった。

ひひ、と息を吸い込むような笑い声を立て、寺の奥から姿を見せた者がある。

さして大きくもない、鳥の骨のように痩せさらばえた体《たい》をしていた。月代《さかやき》は剃らず、髷《まげ》だけを結っている。長い前髪が幾筋か額に零れ、女のように白い肌を際立たせていた。唇だけが、紅を塗ったように赤い。帯びるのはただ一刀のみだ。着流し姿はそぞろ歩く武士めくが、装いが体躯に合わぬのか、しきりに肩のあたりを引いて手首にかかる袖を短くしようと試みている。

「なんの用件だよ、ああ……赤森嘉兵衛」

赤森の顔を指差し、しばし考えてから左馬之助は名を挙げる。いかにも、どうにか思い出した、といった風情だった。

「その首を取りに来た」

「へぇ？　オレを殺して、どうするよ」

「知れたこと。取って、この組を我が物とする」

昂然と言い放った赤森の言葉に、返ったのは一瞬の静寂である。直後、それは哄笑《こうしょう》に変わった。左馬之助ひとりの嘲《あざけ》りではない。赤森の言いを耳にした、周囲全てから降り注ぐ嘲笑だった。屈辱に、赤森の全身の血が煮える。

「負けたんだろうがよ。貴様、負けて逃げたんだろうがよ」

ひひ、と耳障りな笑いを交えて、左馬之助が赤森を見た。

「手前の強さを信じるのはいい。強いと、疑わないのもいい。田舎道場の天辺《てっぺん》も取れない貴様だが、その姿勢ばかりは悪くなかった。まだ種と思えた。だが、そいつを失くしたな」

じろりと睨める眼力に、赤森の舌が凍りつく。身長差を考えるなら、左馬之助は確かに赤森を見上げている。だがその両眼は、遥かな高みから見下していた。

「もう貴様は凡百の負け犬だ。今更なんの価値がある。貴様を負かしたそいつは無理でも、オレにになら勝てるとでも踏んだのか？　そうやって逃げるなら、負けを負けと呑み込めないなら、貴様は下の下だ。せめて、花を育てる水になれ」

正鵠を射貫く侮蔑に、元よりないに等しい我慢が切れた。躊躇《ちゅうちょ》なく赤森は抜刀し、手入れせず血脂に塗《まみ》れた刀身が、ぎらりと炎を受けて鈍《にぶ》く輝く。

応じて鯉口《こいぐち》を切った配下らを、左馬之助が手で制した。

「いい。オレが殺す」

赤森が仕掛けたのは、彼がそう言い放った直後だった。抜き合わせるを待たずに白刃を上段に振りかざし、血に飢えた獣がごとく肉迫する。

真っ向正面からの一刀は空《くう》を裂き、鋼鉄をも両断しかねぬ威を備えて降りかかる。仮に受けられようと体格を利して打ち当たり、そのまま撥《は》ね飛ばし押し倒すことまで想定した太刀行きだった。

斬人の体験を経て昇華された赤森の凄まじさは、侮っていた一味の者が、あっと息を呑むほどである。

が、次の瞬間。

いつ抜いたとも知れぬ左馬之助の剣が、甲高く刃を噛み合わせてその軌跡を妨げていた。

骨のような五体のどこに、そのような力を秘めるのか。彼は赤森の渾身《こんしん》の一刀を受け止めて小揺るぎもしない。どころか、ぐいと鍔《つば》迫り合いの体《てい》に移行し、そのまま赤森を押し込んでいく。

「な……っ⁉」

赤森が声を漏らしたも道理。踏ん張った彼の両足は土を抉《くじ》り、二本の線を描いて後退した。嫌って飛び離れんとするが、いかなる術理によるものか、刃と刃は貼りつけたように離れない。たちまちのうち押されに押され、赤森の背がどんと境内の柏《かしわ》に衝突した。

わけがわからなかった。

まるで大人を前にした赤子だった。ほんのわずかに抗うことすら叶わない。ただいいように、手のひらの上で弄ばれている。

赤森が混乱するうちにも、左馬之助の刃はじりじりと働いた。刀身が鍔元から少しずつ位置を上げ、赤森の首へと迫りはじめる。

左馬之助の刀が己が太刀を圧し斬り、喉首の肉へ食い込んで、ごつりと音を立てて骨を断つ。起こりうるはずのないことながら、そんな光景を赤森は幻視する。潜り込む切っ先の冷たさを現実のように知覚し、総身《そうみ》が粟立《あわだ》った。

「ま、待て」

悲鳴のように制止を求める。が、無駄だった。

左馬之助は、ひひ、と笑い、その力を強めるばかりである。

「やめろ、話を、話を聞け」

無駄だった。

赤森の首が、我が刀の峰《みね》によって締め上げられる。

「助け、助けてくれ！」

無駄――ではなかった。

命乞いを叫んだ瞬間、「いいぜ」と左馬之助は身を引いた。

「助けてやるよ、赤森嘉兵衛」

汗ひとつ掻かずに言いのけ、彼は抜き身をぶら下げたまま背を向ける。

「ここから南へ向かえばもう御辻の外だ。そのまま、逃げ続けるがいい。手前がみっともなく命を乞うた負け犬だと噛み締めて、そのまま恥を晒し続けるがいい」

ほっと息を吐くも束の間、左馬之助の言葉が刃よりも鋭く赤森を抉る。眼前が真っ赤に染まり、彼は安堵で取り落としかけた刃を握り直した。

今のは――

目を血走らせ、赤森は自身に言い訳をする。

今のは、不意を突かれただけだ。奇態な受け技で謀《たばか》られたにすぎない。あのようなことは二度以上起こるものではない。

言い聞かせ、己を鼓舞する。

そう、後藤左馬之助は最大の勝ち筋を逃した。無用の余裕を見せて剣を引いた。つまりは油断をしたのだ。あの小さな背を見ろ。殺せる。ただ一刀で叩き殺せる。一度《ひとたび》降伏して見せてからの奇襲になるが、なんの恥じることがあるものか。これは試合ではなく殺し合いなのだ。自分は窮地を脱する知恵を披露したにすぎない。何より、古くより武士の嘘は武略と言うではないか。

殺意を潜めて、赤森は刀を納めるさまを装う。そうして左馬之助の背が、間合いから抜けかけたその一瞬を狙って斬り込んだ。

当然ながら、その一閃は空を切る。

まるで背中に目があるかのように、左馬之助は赤森の太刀行きを外していた。

「躾けのなってない餓鬼だな」

赤森とさして齢《よわい》の変わらぬ顔が、楽しげにそう歌う。言いながら、ぞろりと構えた。

青眼《せいがん》に似るが、剣先がやや低い。それはぴたりと赤森の鳩尾の高さに据えられていた。火の粉のように殺気が放射される。夜闇が、切っ先に凝縮していくようだった。

「……ッ」

赤森の喉が、悲鳴に似た音を発する。それは本能の警告だったろう。大きな体が、不似合いの速度で逃れんと動く。

が、遅い。

「林流《りん》、早贄《はやにえ》」

呟かれたのは刀法の名であろう。

起こりすら見せず、剣が走った。

「あ……？」

全身を襲った衝撃に、赤森は意識を一瞬失う。直後我に返って、彼は身も世もなく絶叫した。

腹部に、左馬之助の剣が鍔元まで埋まっていた。さらに恐るべきことに、刀身は赤森の体を貫通し、背後の樹木までをも穿《うが》ち抜いている。赤森嘉兵衛は虫のように縫い止められていた。彼の感じた衝撃とは、突きに押されて幹に打ち当たった折のものに他ならない。枝先に突き刺される、百舌鳥《もず》の獲物さながらであった。

自身の刀を取り落とし、呻きながら柄を掴む。どうにか引き抜こうという足掻きだったが、苦痛に震える体で到底叶うものではない。

声もなく口を開閉し、両眼が救いを求めて左馬之助を見る。

「たすけ……」

「一度は助けた。道を閉ざしたのは貴様だ」

哀訴はにべもなく切り捨てられ、左馬之助は再度その背を赤森に見せる。

「肴ができた。呑むぞ。だがすぎるなよ。明ける前にはここを発つ」

赤森嘉兵衛は組の乗っ取りを目論んだ愚かな男だ。だがいかに愚かとはいえ、目的を考えればこの寺を捕吏に告げてはいるまい。それでもこの愚昧《ぐまい》な男が、意図せずここまでの痕跡を残してきた可能性は十分にあった。引き払いの宣告はそれを踏まえてのものである。匂わせるつもりこそあれ、鷹の羽組との関わりを明確にするつもりは、当面左馬之助にない。

「それと、誰ぞ組の名で捨て札をしておけ。『我らを騙る小人ゆえ成敗仕る《つかまつ》』とな」

一党に命じて赤森のことに見切りをつけると、彼は残酷に冷めた目で御辻城下の方角を見た。

元より、そろそろ幕を上げるつもりでいたのだ。多少開始が早まったところで問題はない。

「さて、はじめるとしようか」

既に標的は見定めた。下調べと工作も済ませ、赤森らを使嗾《しそう》して、藩上層部を揺るがしもした。

剣にたとえるのなら、敵手の体《たい》を崩し切った段階である。実際に攻めるはこれよりだ。

「とくと御覧《ごろう》じろ、将監《しょうげん》様」

呟いて、左馬之助は両腕を横に伸ばした。

そのさまは不吉の鳥が、両翼を広げたかのようだった。

第四章　一輪咲いても梅は梅

赤森嘉兵衛の死が御辻藩に伝わったのは、つい先日のことである。

足跡を追った藩の役人が、破《や》れ寺で彼の骸《むくろ》を見つけたのだ。

それは無残な死にざまだった。

赤森は腹を刀で貫かれていた。刃は彼が背にした木をも穿ち、巨躯を磔にしていたという。

刀は、血を絡めて三寸ばかりの刀身を見せていた。当初は鍔元まで胴に埋まっていたものを、赤森が必死の力で引き抜いたものであろう。恐るべき苦しみからどうにか逃れるべく、緩慢に迫る死をなんとか遠ざけるべく苦闘した証しである。

だが、解放はならなかった。死力を尽くした果てが三寸であり、それは自由を得るには短すぎる距離だった。

発見されたとき、赤森の足下《そっか》には八本の指が芋虫《いもむし》のように転がっていた。脱出を望むあまりに刃を掴み、自らの握力で切断したものと思われた。

そうして文字通りに手立てを失くし、赤森嘉兵衛は出血と寒風に弄ばれて落命したのだ。

現場に残された捨て札から、下手人は鷹の羽組と断定された。これは彼が盗賊一味と関わっていた動かぬ証拠とされ、藩は回収した死骸を念のため検《あらた》めてから、再度首を刎ね獄門に処した。

斬った首を数日晒すという、いかにも人の口に上りそうな処罰であったが、皆人《みなひと》これを語らなかった。

凶徒赤森嘉兵衛の死を押しのけて御辻の耳目《じもく》を集めたもの。

それは後藤左馬之助の帰還である。


かつて御辻に、後藤将監なる男があった。

家老格として池尾と権勢を二分する後藤家に生まれ、藩政の舵《かじ》を、池尾新之丞と奪い合った男である。

御辻藩の国家老は、他藩とは一線を画した重きを有していた。筆頭家老となれば尚更《なおさら》である。

なにせ御辻の殿様は治水のみが取り柄なのだ。政は政の得意に任せ、「よきに計らえ」と頷くのが大喜家代々の仕事だった。筆頭家老の座に就くとはつまり、藩を一任されることに等しい。

ために、新之丞と将監の政争は一際のものだった。

城中で議論を戦わせるのみならず、私《わたくし》においても犬猿の仲として知られ、池尾が足を向ける店《たな》に後藤は寄りつかず、逆もまた然りといったありさまである。

両名の仲がこうまで悪化した理由は、最早彼ら自身にもわからぬことであったろう。生まれに権勢、剣と知恵、財力人脈までを含めたありとあらゆる分野で競い合い、その都度で感情を捻じられ、拗《こじ》らせてきた結果だった。

複雑怪奇に絡んだそれは、決して断ち切れぬ鎖のように両者を結んで放さなかった。双方の家格も、この乱麻をよりもつれさせる一因である。

権力を好む取り巻きどもが派閥として両者の背後に付き従い、互いの悪口《あっこう》を吹聴しては足を引き合っていたのだから世話はない。

この争いは、十数年前に幕を閉じた。

今の御辻の政局から知れる通り、勝者は池尾新之丞である。

よくあるといえばよくある権力闘争の結末だが、しかし経緯《いきさつ》がよくなかった。

池尾と後藤、両者に明確な決着をもたらしたのは、新之丞と将監の果たし合いであったのだ。互いに真剣を用いての立ち合いの末、新之丞は生き、将監は死んだ。

どちらも藩の要職にありながらの振る舞いで、乱心と呼ぶ他ない所業である。公儀に知られたならば、家中不行き届きによる改易もありうる醜聞だった。

藩の上層部が慌ただしく動き、事態は固く秘された。将監の死は病死とされ、後藤の家は
その子に滞《とどこお》りなく継がれた。

この相続は一種の恩情であったが、同時に新之丞がお咎めなしとなったことが、後藤一派の反感を招いた。新之丞が庇われたのは、ふたつの才が同時に失われることを惜しまれたがゆえにすぎぬのだが、確かに依怙の沙汰と見られて当然の面はある。しかし派閥の中心を失い烏合に堕した彼らに、何ほどのことができようか。

池尾の家とその縁者は藩政の中核を占めて磐石の地位を築き、後藤一派はその多くが江戸勤めとなった。つまり藩政から遠ざけられたのである。

こうして、両者の果たし合いは闇に葬られた。

が、口の軽い者は少なからず、また世間は聡《さと》い。池尾を恨む後藤閥の仕業もあったろう。真相はやがて巷説《こうせつ》として、諸人の知るところとなった。

けれど藩は耳を塞いだ。

政に携わる誰も彼もが、将監の死を見ぬふり、知らぬふりで押し通したのである。

左馬之助はこの将監の子であった。

後藤家を継ぎ、十余年の間、江戸で牙を研ぎ続けてきた恨みの子なのだ。

彼を知る池尾一派は、当然ながら左馬之助を江戸より戻すつもりはなかった。

でありながらこのたび帰還が叶ったのは、偏《ひとえ》に左馬之助の巧妙さがゆえである。

鷹の羽組が行った部屋住みたちへの誘惑と、これに端を発した赤森嘉兵衛による惨劇。その対処に藩の重鎮が追われる隙を狙い澄まして、彼の帰参手続き一切が済まされてしまったのだ。藩内に根強く残った後藤縁者の働きだった。

のみならず、左馬之助は藩侯のもとへ、おうらみ状を献じている。

これは幼い時分に亡くした父への愛と、その父の菩提を弔《とむら》い続ける母への慈しみを切々と語ったものだった。そしてその結びに彼は、募る無念の行き先を記した。望まれたのは、池尾嫡子彦三郎との果たし合いである。

御辻藩としては到底認められぬ願いだが、左馬之助はここに脅しも潜ませていた。決闘が叶わねば、公儀に我が父の死の不審を訴えると、彼はそう書き添えたのだ。

新之丞と将監の暗闘は、まさしく藩の恥部である。公に探られれば、その隠蔽までもを含めて問題にされかねない。特に江戸詰めの間、左馬之助が公儀と誼《よしみ》を通じているのが恐ろしかった。

当然ながら、これは諸刃である。実行すれば後藤一派も痛い目を見よう。だが古来、この種の駆け引きは失うものが少ない方が有利と定まっている。激昂する新之丞をよそに藩は沈思黙考の体《てい》を見せ、その間《かん》に左馬之助は江戸より引き連れた郎党とともに御辻の地を踏んだ。

奇態なことに、彼は後藤の家屋敷には戻らなかった。

代わりに塩土神社の境内に陣幕を張り、ここを宿としたのである。藩が結論を出すまで一歩たりとも引かぬ構えであり、まるで合戦さながらの備えだった。

無論、家中の私闘が厳禁であることに変わりはない。しかしいかに池尾の跡取りとはいえ、一藩士たる彦三郎と、藩そのものは引き換えられない。やがて新之丞の意見を黙殺し、果たし合いが認可されるのは目に見えていた。

改めて後藤の手の者が触れ回ったのであろう。古い話でありながら、池尾と後藤の因縁は市中に知れ渡っている。

よって、多くが池尾を避けた。

後藤左馬之助は、一触即発の爆薬である。

計略をもって藩に迫るのみならず、音に聞こえた武辺者《ぶへんもの》でもあった。

江戸で鳥野辺林右衛門《とりのべりんえもん》なる男に師事し、刀法のみならず柔術槍術鉄砲術に手裏剣術、薬学をはじめとした諸学問を修め、いずれも一流の域に達したという。

そも、左馬之助を鍛えた師からして尋常の人ではない。

この林右衛門は羽州《うしゅう》流れの武芸者で、人呼んで六《む》ツ胴先生。諸国に轟く異名は、試し切りにおいて長大な長巻《ながまき》を枝切れのごとくに振るい、六つ重ねた人の骸を無造作に両断してのけたことに由来する。技量はいずれの流派も立ち合いを避けるほどであり、酒手《さかて》を弾めば死骸のみならず生き胴をも斬ると実《まこと》しやかに噂された。

御辻のような田舎藩へも武名が聞こえる人物が、折り紙をつけたのが左馬之助なのだ。その剣力が窺えようというものである。

そして伝聞のみならず、彼の剣呑を知らしめる事件が起きた。社に陣取る左馬之助を襲う者たちがあったのだ。彼らは池尾新之丞の手の者だった。

己が家の窮地を察し、新之丞は城中にて訴えていた。

――後藤左馬之助は鷹の羽組と相通じる疑いが是あり、直ちに捕えて詮議すべし。

以上が主な彼の言い分である。盗賊一味として疑惑をかけ、捕縛し入牢させてしまえばよい。後は隠密裏に、なんとでも処理が叶う。そうした魂胆が透けて見える主張だった。

断じて行えば効能の見込まれる言ではあったが、当然のように彼の案は退けられた。藩上層部の腰の重さのみならず、またしても旧後藤閥の蠢動だった。左馬之助と気脈を通じる彼らは、不思議と潤沢《じゅんたく》な資金を確保していた。これが鼻薬として城中に撒かれていたのだ。

池尾に任せれば証拠を捏造《ねつぞう》、隠蔽し、自家の都合のいいように事を運ぶに違いない。そのようなもっともらしい理屈で、金に魅入られた者たちは新之丞を掣肘した。

一向に思い通りにならぬ事態に焦れた新之丞は憤激を発し、その結果起きたのが左馬之助襲撃である。

が、これは悪手だった。

左馬之助の暗殺を託し、新之丞が選りすぐった剣の使い手七名《しちめい》。彼らは悉《ことごと》く落命した。

しかも、ただ斬られたのではない。潮路川の川辺の木々に、全員が磔られたのだ。剣士たちを縫い留めるのは、奪われた自身の刀だった。

いずれの骸の傍らにも、「鼠賊《そぞく》の類なり」との捨て札があり、追い剥《は》ぎを働かんとした旨が明記されていた。このため、遺族は亡骸を引き取ることが叶わなかった。引き取れば賊徒の家と知られ、家格を卑しむることとなるからである。

そこに横たわるのは見紛いようない呪詛《じゅそ》だった。無縁に、孤独に死んでいけ。悼《いた》ませも弔わせもさせない、明白な呪いである。

それは見る者の心胆を寒からしめる、酷薄無残な光景だった。

特徴的な殺害手法を赤森嘉兵衛の死と結びつける向きは無論あったが、その声は高くならなかった。余計な手出しをすれば次にこうなるのは自分だと、そう思わせるだけの恐怖がそこにあったからだ。

この一件は、そもそも新之丞の為人《ひととなり》を知る左馬之助の策略であったのかもしれない。我が力を見せつけ、同時に父の仇に恥辱を食らわせる。もしそのつもりであったのだとしたら、企みは左馬之助の想像以上の成果を挙げたと言えよう。

己の不首尾を知った新之丞はかつてなく頭に血を上らせて虚空を罵《ののし》り、やがて唐突に言葉を失うと口から泡を噴いて卒倒した。老いた体が、自身の強烈な感情に害された結果である。彼はそのまま床《とこ》に就き、今も意識は戻っていない。

この人事不省が大局を決した。屋台骨の揺らぎを悟り、池尾閥の家々は、こぞって後藤に流れた。

中立を保つ家もあるが、池尾に味方はない。

知恵のみならず腕も立ち、単身藩を揺るがす男。そんな人間が敵視する家に関わる者などなかったのだ。もし池尾に与すると見られれば、思わぬ火の粉を被りかねないのだ。門戸を閉ざすも当然と言えよう。

こうして池尾は、十余年前とは真逆の立場となった。

見ぬふり、知らぬふりを受け、孤立無援に陥ったのである……

じりじりと焦れながら、縁側に景久は寝転んでいる。

梅を眺める余裕などない。彼の頭を占めるのは彦三郎の安否ばかりだ。

赤森嘉兵衛の訃報を聞き及んだとき、景久は安堵した。見知った男の死に際し、思うところがなくもない。だがそれ以上に、ようやく一件が落着したとの感慨が強く湧いたからだ。けれど一時の感情が過ぎると、景久の心は次第、後悔に苛《さいな》まれ出した。

――もしもあの夜、赤森を斬っていたなら。

悔いの根はそこにある。

殺人を忌み、手心を加えて生け捕りにした。だがもし自分が赤森嘉兵衛を殺めていたなら、その後の凶行は起こらなかった。ならば嘉兵衛が振り撒いた死は、己がもたらした死も同然だ。景久はそのように感じ、自身の懈怠を責めずにはおれなかった。

だが、これでひとまず赤森については終わった。彼は過去の存在となり、新たな犠牲が出ることはない。その点においてはひと安心だ。

斯様に気を抜きかけた彼にとって、後藤左馬之助の件はまさしく寝耳に水だった。

後藤閥による一連の攻勢は、たまさか鷹の羽組のもたらした波紋と噛み合ったかに見える。が、真相は異なろう。世人が嗅ぎ取る通り、彼と鷹の羽組は繋がっている。何より左馬之助自身が、彼我の関わりを匂わせてやまないのだ。見えざる自己の勢力をほのめかし、示威とすべくであろう。

後藤一派は、長らく機を窺い続けていたに違いなかった。入念な下準備を経て手勢を整え、江戸と御辻で連携を取って運動してのけたのだ。

――世の中、そう悪いことばかりは起こらんよ。

彦三郎の懸念にそう返した過日の自分を、景久は縊《くび》り殺してやりたいと思う。

友人はかねてより、このことを案じていたのだ。なぜならば違い鷹の羽は後藤家の家紋である。同じものを象徴する賊徒の存在を知れば、身構えて当然だった。鬱屈が蓄積されての杞憂だと断じた己こそが愚かだ。

けれど、景久が友のもとへ駆けつけることはできなかった。

新之丞が倒れ、池尾の家は上を下への騒ぎの渦中である。そこに部外者が割り入って、次期当主と差し向かいで話すなどできかねることだ。

池尾にとっては非常な切所《せっしょ》である。彦三郎がとんでもなく多忙で困難な状況にあることは想像に難くない。己の訪れなど邪魔にしかなるまい。

だがそれよりも周囲の人間が問題だった。

不思議と言うか当然と述べるべきか、池尾新之丞に付き従う面々は、新之丞に類する人間である。癇癖《かんぺき》が強く、決め込みが激しい。下手に近づけば、後藤一派が暗殺に来たとすら見られかねなかった。

ゆえに景久は焦れながら、彦三郎の訪いを待っていた。

我が友ならば、きっと助けを求めに来てくれる。景久は固く信じて疑わなかった。彦三郎が道筋を示してくれさえすれば安心だ。後はそれに従って、我が膂力を振るえばよい。

が、そうはならなかった。

「果たし合いをすることになったよ、景。父と同じく、真剣でだ」

その日の夕暮れ、彦三郎は景久の期待通りに現れた。いつものように案内も請わず、ぶらりと庭に立っている。

足音を察しながら目を閉じていた景久は、その声を待ってまぶたを上げた。

「勝てる相手かね」

知りながら問う口ぶりには、散々に待たされた拗ねがある。それを解し、彦三郎は苦笑した。

「無理だな。相手は武の塊のような生き物だ。文弱で知られたこの彦三郎が、到底敵う相手ではない」

「やる前から勝負が見えているのなら、しなくてもよいではないか」

「俺もそう思うが、罷《まか》りならぬらしい。まったく、世の中はややこしい」

「どうあろうと命のやり取りになるのかね」

「なる」

「生き延びるだけも、難しいか」

「難しいだろうな。何せ俺は池尾の跡取りだ。左馬之助としては、なんとしても息の根を止めておきたかろう」

「それでは果たし合いという名の嬲り殺しだ」

「そうだな」

　頷きを得たところで、景久は寝転んだ形からようやくに身を起こした。縁側に胡座を掻き、彦三郎を手招きする。が、友はゆっくりと首を横に振った。見えざる境界が間にあるかのように、彼は決して景久の傍へは寄らなかった。

「では――」

　仕方なく、常の声のままで言う。

「斬るかね、後藤左馬之助」

　呟きは、決して冗談ではない。

　様々に手心を加えた結果、赤森は惨劇を引き起こし、自らも非業の死を遂げた。やはり己はいつも上手くやれないと景久は思い、その胸中は彼の心にのしかかって、いささか過激な心を生んだ。

のみならず、彦三郎のためならばそれくらいの働きはして然るべきと、この男は本気で考えてもいる。

命の重みは平等ではない。それを測るのは主観であるからだ。竹馬の友と見知らぬ鷹の羽。秤《はかり》にかけてどちらが傾くかなど言うまでもない。彦三郎の応えさえあれば、景久は今すぐにでも行動に移すつもりがあった。

けれどその思いに反し、彦三郎は再び首を横に振る。そうして、困ったふうに笑った。

「そんなことを考えているのではないかと思ったよ」

ひとつ、なんとも言えぬ息を吐いてから、彦三郎は続ける。

「景、折り入って頼みがある」

「引き受けよう」

「まだ何も言っていないぞ」

「お前の頼みだ、彦。なんであろうと聞き届けるよ」

安請け合いめくこれが、紛うかたなき真情であると彦三郎は知っている。

だから、訣別を告げた。

「もう、俺には関わるな」

彦三郎が景久を訪ったのは、無論助けを乞うためではない。友の軽挙妄動を戒《いまし》めるべくである。

平素は茫洋《ぼうよう》としながら、佐々木景久はいざとなれば雷鳴のごとく動く男だ。そのことを彦三郎は知悉している。果たし合いに立ち会わせれば、必ず勝負に割って入ろう。また関わらせずに置けば方《かた》が付いた後日、討ち返しを仕掛けかねない。

景久のためにも、佐々木の家のためにも、望ましからぬことだった。

だから今日、彦三郎は言い聞かせに来たのだ。

「いいか、景。お前は決して何もしてくれるな。俺はこんなくだらぬことにお前を巻き込みたくはない。こんなつまらんいざこざで、友に累を及ぼしたくはないのさ」

愕然《がくぜん》と目を見開く景久に、彦三郎は笑みかける。

「後藤左馬之助とは、城中で一度顔を合わせた。あれは灰神楽《はいかぐら》だ」

まだ火の気の残る灰に水をかけると、さながら噴煙のごとく灰が立つ。それを灰神楽と言う。

彦三郎の観ずるところ、左馬之助はこれだった。よそから与えられた熱と水とでもうもうと立ち込める実体のない灰だ。

多くは左馬之助を火と見るだろう。くべられた全てを燃やし尽くし、貪欲にその手を広げ続ける。何もかもを灰塵《かいじん》とする滅びの火だと。

だが、違う。それは借り物の熱だ。彼自身は燃えてなどいない。

「つまり、放っておけば自然に治まる。お前が火中に手を入れる必要はないさ」

「待て、彦。だがその灰は、少なくともお前を殺すぞ」

「だろうな。しかし景久。お前は俺の頼みを引き受けると言ったぞ。武士に二言はあるまいな」

ふざけるな、と叫びたかった。こんな残酷があってたまるか。座して友の死を眺めろと言うのか。

けれど友への信頼が、その言葉を喉奥に押し留めた。彦三郎の判断の誤りを、景久はまだ見たことがなかった。何も為せたことのない己の思案が及ぶべくもないものである。彼がそのように望むなら、そうするのが一等いい道に違いないのだ。

「『この掌に利剣あらざれば、結友、なんぞ多きを須めん』さ。知らざれば書を読め、佐々木景久。人の挽歌《ばんか》と凱歌《がいか》がそこにある。のみならず世間へも出ろ。出て、実像に触れろ。お前は、もっと大きくなれる男だ」

忠言は、告別に他ならなかった。彦三郎の声が、抑えかねて震える。

彼にとって、家族とは佐々木の家だった。三男となれば、大抵の家にとって無用の長物だ。池尾であってもこのことに変わりはなく、昔は父や一党から、犬を見るような目を向けられていたのを覚えている。

だが兄ふたりが立て続けに夭逝《ようせい》し、その目の色が変わった。味噌《みそ》っ滓《かす》扱いをしてきた彦三郎に、大人たちが阿《おもね》りはじめた。実に都合のいいことだ、と思う。子供なればこそ、一度受けた眼差しを忘れるものではない。

　だが佐々木の人々は違った。兄と妹、そしてその父親は、彦三郎を彦三郎として取り扱った。見た目も知恵も家柄も、彦三郎の枝葉末節としてしか見なかった。いわば髪や爪の扱いで、それらがなかったとしても、彼らは付き合いを変えないと信じられた。

　好悪の激しい新之丞のことである。彦三郎が嫡子となったのちは、佐々木の家にもあれこれと口出しをしたはずだ。が、清兵衛はそれをおくびにも出さなかった。彦三郎を認めればただ笑んで会釈をして、『景久と初名が世話になる』と礼まで述べた。

　だから何もないふりで、彦三郎は変わらぬ付き合いを続けられていた。その優しさに甘えていられた。

　斯様に愛おしむ人々なればこそ、別れを告げねばならない。断じて、池尾のことに巻き込むわけにはいかない。敵は灰神楽といえど、いまだその熱の在り処は知れぬ。己の死できっぱりと全てを終わらせるためには、万全を期しておく必要があった。

「お前とお初殿へ、形見分けをしておく。家の者がなんと言おうと受け取ってくれ。俺はもうお前たちの隣にはあれないから、できるだけを遺しておきたい」

「彦。おい、彦！」

理屈ではない制止の声を、しかし彦三郎は聞かない。

彦三郎は常日頃から景久を、「大したもの」と評する。それは彼の個人的武勇ではなく、心根を指してのものだ。景久が池尾の名を求めて彦三郎と友誼を結ぶではないのと同じく、彦三郎もまた、景久の特殊性を欲して知音《ちいん》となったわけではない。

だから彦三郎は、佐々木景久を頼らない。頼れない。

それは証し立てであり、男の一分《いちぶん》だった。たとえ貫いた先が死であろうとも、対等の人間でありたいのだ。景久に落胆されぬ生き方をするという一念が、彼の行動を縛っている。ちっぽけな意地だが、これを通さねば己は景久の友に値しないと、彦三郎は頑《かたく》なに決め込んでいる。自らの結論を疑わぬのは、新之丞に悪く似た部分であろう。

「悪いな、景。花見の酒は呑めそうもない」

格別の天与を持つ友人に、知恵で対等であろうと精進した。だが小利口なだけでは、世の荒波を泳ぎ越えることはできないようだ。残念なことだと思う。

だが己の死に必ず涙する友があることが、彦三郎の幸福だった。

「今日《こんにち》までのご厚誼、心より御礼申し上げる。さらばだ」

ただ深く、ゆっくりと一礼をして、背《そびら》を見せた。彼の心が大山《たいざん》のごとく不動であると理解するのに、梅明かりなど必要なかった。

伸ばした手は、友に届くことはなく。

落陽の中へ遠ざかる影を、景久はただどうしようもなく見送った。

そののち景久は縁側を去り、自室に息を殺した。

黙考の内に策を巡らし、状況の打開と機を狙う姿勢ではない。ただの意気消沈だった。彼は虚脱しきっていた。

改めて、自分にできることなど何ひとつないのだと思い知った。世の趨勢《すうせい》はこの両腕では留められない。

のぼせていたのだ。

周囲を案じて身を縮めていたことに嘘はない。だがその裏で微《かす》かに考えていたのだ。この膂力があれば大抵のことは成し遂げられる。いざとなればいいように今を変えられる。ただ、しないだけだ。

そのように思考して、動かない己に酔っていたのだ。

——俺はお前を、大したものと思っているよ。

彦三郎はよくそう口にしたものだが、見込み違いだ。

上手くできた試しも、何を成せた試しもないのが自分だ。佐々木景久だ。現《げん》に、見ろ。今だってどうしたらいいのかわからずに、ただ膝を抱えるしかせずにいる。

どの方角へ足を踏み出しても悪い結果を生みそうで、怯えて竦むことしかできない。

彦三郎は杖だった。彼があれば、景久はしゃんと歩けた。けれどその杖自身に、自らを捨てることを望まれてしまった。

必ず助けようと決めた友に拒絶され――己の無力と友の知恵を信仰するからこそ、景久はどこへも動き出せない。

彦三郎と景久、常にない両者のありさまを気にかけた初名が、事情と様子を窺いに幾度か足を運んできもした。けれど妹の問いかけを、景久は黙殺した。彼が見せた反応はと言えば、鬱陶しげに妹から顔と体とを背け、壁と向き合ったのみである。

そんな景久を踏む足は、さすがの初名にもなかったのだろう。彼女は兄の、心が抜け落ちたような背を眺め、しゅんと項垂れて引き下がるばかりだった。景久は感覚の片隅にそれを認識し、けれどすまなく思いながら、やはり無視した。

要するに彼は、憂える妹の爆発力を侮っていたのである。

だからその翌日の昼すぎ、また襖の向こうに気配がしたときも、景久は気に留めなかった。足音はふたつだったが、どうせ初名とよねだろうと決め込んでいたのだ。

「お邪魔しますよ、兄上！」

両手で左右に、勢いよく唐紙《からかみ》を開け放ったのは予想通りに妹だった。が、その隣に立つ人物を見て、景久は耳をそばだて、聞き分けなかったことを悔いた。

腕を引かれるようにして、そこにいたのが向野屋のりんだったからである。

「初も池尾様も駄目なので、別のお力添えを頼みました。では、よろしくお願いします！」

ぐいと背を押し、りんを室《しつ》に押し込むや、初名はぴしゃりと襖を閉めた。無論、我が身は部屋の外に置いている。

押し込められた格好のふたりはしばし唖然と顔を見合わせて、やがて額を押さえて景久が呻いた。

「愚妹が、とんだご迷惑を」

「……いいえ」

否定までの一瞬の間を、さすがに咎めることはできまい。なんと言って連れてきたかまでは知れないが、初名のことだ。相当に強引なやり口をしたに違いなかった。

「少し驚きはしました。でも初名様は、兄君《あにぎみ》と池尾様を甚く案ずるご様子ですから」

その心に免じてくれるということらしい。器の大きいことだと景久は思う。お互いに苦笑したところで――

「それに私も佐々木様に、ご意向を伺いたく思っておりました」

　ぽつりと、りんが続けた。

「自分に？」

「はい。このたびのこと、どうなさるおつもりですか」

　りんは一旦きゅっと口を結んだ。ひと呼吸置き、曖昧な問いを投げかける。それが池尾と後藤についてのものだとわからぬほどに、景久も鈍くはなかった。不機嫌が露骨に顔に出る。

「向野屋には関わりがあるまい」

「いいえ、あります。おふたりには恩義があります。私たちは佐々木様と池尾様に救われているのです。ですから、お節介を焼きに来たのです」

　けれど彼女は目を逸らさずに、きっぱりと言ってのけた。

　小賢しい、とひねた心地で景久は思う。結局は、「ご助勢」だ。自らが主となって動くつもりはないのだ。対岸の火事としてしか見ていない。

　そりゃあ彦三郎は頗《すこぶ》るつきの美男子である。彼女にとっても助ける価値があるのだろう。だがそれに利用される自分はいい面の皮ではないか。

　そもそも相手は狂犬のような輩だ。裏で使嗾《しそう》したというだけで恨みを覚えかねない。後藤の悪感情を買えば、またぞろ身に危険が及びかねぬと、この娘は承知しているのだろうか。

「金をくれてやるから左馬之助を斬れ、とでも？」

「はい。佐々木様が納得できるのなら、それもよいかと存じます」

肯定に続く思わぬ言葉に景久が詰まる。りんは一見冷たいその目元をわずかに緩め――

「何が正しくて何が悪いか。それはとても難しいです。後の世にならねば――いいえ、なっても判断のつかないこともありますでしょう。ですから、私がしたいのは貴方が納得されることのお手伝いです。手を拱《こまぬ》いて傍観をする。勝手ながら、それは佐々木様のご本心ではないと愚考します。納得されてのことならば、初名様があぁも案ずることはないはずですから。なので私は伺いたいのです。佐々木様御自身のなされたいことを、人から渡されたのではない御自得の結論を、私は伺いたいのです」

そう告げて、ゆっくりと瞬きをした。懐かしい過去を眼裏《まなうら》に浮かべるような仕草だった。

「大体、佐々木様はお節介焼きなのです。何もしないというのは、大変不似合なありさまと思います。だって、ご存じでしょう？　後悔先に立たずとは、まず動かなければ悔やむことすらできないという意味なんですよ」

直後、景久が「あ！」と声を上げた。

彦三郎の戯言を、なぜさして縁深くもない彼女が知っているのか。それを問うよりも早く、重なったのだ。あの春の宵に泣いていた娘の面影が、ようやく、りんと。

不意の気づきに愕然とする景久の表情は、無論口ほどに物を言った。

「まさか、今お気づきに？」

呆け顔から全てを察したりんは、目を半眼にして確認の問いを発する。

「それは、うむ、まあ、その」

「今更ですか」

呆れたように肩を落とされたが、仕方ないではないか。男子三日会わざれば刮目《かつもく》して見よ、という。りんは男子ではないが、三日どころか十年越しの再会なのだ。すぐさまに判別がつかなくとも、それは仕方のないところであろう。あの小さな娘がこうも臈長《ろうた》けるとは、一体誰が思おうか。

そのような意味の言い訳をしどろもどろにするが——

「私は、ひと目でわかりましたけれど」

不満げに見上げられてしまえば、もう景久の勝ちはない。

そもそもからして、その場その場の心理と動作の観察ばかりを行い、肝心の人間自体を見ないのは彼の悪癖である。彦三郎からも指摘され続けた、一種の視野狭窄《きょうさく》だ。一応ながらの自覚があるから、彼はただもう恐縮して、「ああ」とも「うう」ともつかぬ呻きを発するより他にない。

そんな彼を哀れんだのか、「それはさておき」とりんは居ずまいを正した。いつまでも立ったままで話もなかろうと考えたのか、景久に正対する位置で畳の上に端座する。受けて景久も、片胡座を改め座り直した。その際、「このことについては後でお話しさせていただくとして」とも付け加えられた気がしたが、聞こえない素振りをしておく。

「早急の対処が必要なのは池尾様です。佐々木様は、お助けしたいのですよね？」

「ああ」

若干の惑いを含みながらも、景久は首肯する。

「初名様が仰っていました。兄君が燻るのは、池尾様に手出し無用と釘を刺されたからに違いない、と。いかがでしょうか？」

「……」

あの妹は、何をぺらぺら人様に語り聞かせているのか。とんだ恥晒しである。

「それもある。あるのだが……」

「それだけではないのですね」

頷きを返すと、りんはひどく優しい目をした。

「ではその肝心なところをご教示ください。私に、貴方のことを教えてください」

大事なのは景久の納得。その前言に背くことなく、りんは耳を傾ける姿勢になった。決して急かすではないが、口下手な景久には一層の緊張をもたらす格好である。しばし唸ったのち——

「オレは、何ひとつ上手くできたことのない人間だ。おりん殿に気づけなかったように、いつも観察が足りない。人間を見ず、大事に気づけず、間違いばかりを犯している。近頃起きた赤森嘉兵衛のこともその例だ。オレは昔あの男と縁があって、きっとあれを歪めてしまった。赤森がもたらした死は、オレがもたらした死だ。だからオレは自分の決断に自信が持てない。オレの行動というものに、まったく信頼が置けないのだ」

どうにか、訥々《とつとつ》とそのような言葉を紡いだ。彦三郎にも披露したことのない弱音だった。

一旦口を閉じた景久は文机《ふづくえ》に目をやり、そこに載る筆を親指と人差し指でつまみ上げる。

「初名がもう囀《さえず》っているかもしれないが、オレは生まれつき人とは違う」

言いながら二本の指で、事もなげにそれを圧し潰した。指の間で軸は乾いた音を立て、あっけなくふたつに分かれて畳に転がる。無造作な破壊のさまに、りんが目を見開いた。

「指の力のみではない。五体の運動全てがこれだ。常に細心の配慮に動かねば水面《みなも》に馬鹿げた波を立てる。立てて、無駄に平穏を騒がせる。守ろうと伸ばした手で、オレは大事なものを打ち砕きかねない。あの知恵の回る彦三郎が、わざわざ関わるなと言いに来たのだ。オレが助けになろうと足掻いたところで、より悪い苦境にあいつを追いやるだけに終わるのやもしれん。どうするのがよいか、オレはもうわからぬのだよ」

諦観めいて微笑しながら、景久の声は啼泣《ていきゅう》のように震えていた。迷い子のごとく俯《うつむ》いたその手のひらへ、身を乗り出したりんが我が手を重ねる。

「池尾様は、佐々木様のそのような特別をご存じなのですよね？」

「ああ」

「でしたら、どうして池尾様が佐々木様を遠ざけたのかが、わかった気がします」

思わぬ言葉に景久が顔を上げた。安堵させるように笑みかけてから、りんは続ける。

「友人でいたいから向野屋から借り入れはしない。そう言ってくれる人たちが、私にもいます。つまりは、そういうことなのでしょう」

至極わかりやすい、それは卑近な例だった。

――だが決して、その才を当て込んで友誼を結んだではないぞ。

同時に友の声が耳を過《よぎ》り、景久は渡り鳥のたとえを思い出す。

「私を――向野屋を守ってくださったときは、おふたりともがそれぞれの役割で力を発揮していらっしゃいました。だから池尾様も、遠慮なく佐々木様を使えたのだと思います。でも今回は違います。頼れば、池尾様が寄りかかるだけになってしまう。佐々木様の善意と特別にもたれるだけになってしまう。ごく普通の、対等な友人でありたいから、池尾様は貴方に無縁を求めた。それがひとつではないでしょうか」

「だが、命がかかっているのだぞ。そんなくだらん意地で……」

「佐々木様がそれを仰ってはいけません。くだらなくはないんです。殉《じゅん》ずるのは、貴方との友誼になのですから」

思わぬところを舌鋒で貫かれ、ぐっと景久が詰まった。

「大体、佐々木様は多数心得違いをしていらっしゃいます」

「む」

りんの舌は、畳みかけて止まらない。唐突に自身へ向いた矛先と、思いの外《ほか》近い彼女の顔に、いささか焦った景久が唸る。

「先ほど、赤森様のことを御自分のせいと仰いましたね。思い上がらないでください」

「むむ」

「よろしいですか。たとえるならば、佐々木様はお酒です。百薬の長ではありますけれど、どんな名薬もすぎれば薬効を失します。どころか毒となって心身を害するでしょう。だからこれとどう付き合うかは、接する各々が決めることなのです」

自身の存念を届かせるべく、噛んで含めるようにゆっくりとりんは語った。

「池尾様や秋月様のように適度に嗜む方もいらっしゃいましょう。赤森様のように暴飲して悪く酔う方もありましょう。肝要なのはお酒は受け身の側だということです。確かにそれは人に影響をもたらします。でも自制できずに量を過《あやま》つのは当人です。全て当人の問題で、お酒自体は良くも悪くもありません」

「しかし、酒は喋らぬがオレには舌がある。手も足もある。言を尽くすなりなんなりのやりようが……」

「思い上がり、と申し上げたのはそこです。よろしいですか。確かに佐々木様は特別のお体をお持ちです。でもだからといって、人の全部を背負《しょ》い込む必要がどこにありますか。佐々木様の腕力《うでぢから》は頭が回るとか、口が上手いとか、書に堪能だとか、画が達者だとか、ちょっと小金持ちだとか、その程度の長所です。凄いけれど凄くはないんです」

なんとも不可思議な物言いだった。

言葉だけを聞けば貶《けな》しにも取れる。だがそこにあるのは、景久への慈しみだった。

「もちろん、できるだけをしよう、という心は善でしょう。お考えは立派ですし、佐々木様の美徳だと思います。でも目に映る何もかもに全霊を振る舞っていたら、そのうち佐々木様の方がくたびれ果てて潰れてしまいます。ただ善意に、請われるがままに金子《きんす》を用立てる金貸しがいたなら、佐々木様はその身代の末《すえ》に見当がつきますよね？　同じことです。純乎《じゅんこ》たる善性の先に待ち受けるのは、残念ながら同様の末路です」

景久の目が理解を示すのを見て取ってから、りんはひとつ息を吐《つ》いた。

「ああ、茶でも」

「結構です。今は大事なお話の最中です」

口が渇くかと気を回した途端、ぴしゃりとやられた。以前は少し距離を置き、窺うようにする印象であったが、本日は随分と遠慮がない。無論、景久はこれを悪いとは言わないし思わない。

「貴方がなんの行動も見せないことに対して、難癖をつける人々は必ず出るでしょう。でも、してもしなくても同じことです。動けば動いたでその是非に関して、対岸からやいのやいのと語るのが人です。理屈と膏薬《こうやく》は何にでもつくのですから、そんなもの、気にする必要はありません。誰にでも好かれるのなんて無理なのですから、耳を塞いでしまってください。大体、どうしてこちらを悪く言う相手に良くしてあげなければならないんですか。そんな暇があるのなら、私は好きな人に優しくします」

小金持ちだの金貸しだのといった端々から知れる通り、りんの言葉は大分私情を含む模様である。だとするならこれは、この歳まで金貸しの娘として生きてきた者の答えでもあるのだ。拝聴の価値があると、景久はそう考える。

「私たちは、どうしたって間違えます。当たり前のことです。悔いも省みもしないのはいけませんが、これは本人が行うべき業で、周りがとやかく言うことではありません。手助けも教導もせず、ただ無責任に囃《はや》し立てて責め貶すのならそれは悪です。そうした言いは人を委縮させるばかりで、前に進む力にはなりません。まず、してみよう、やってみようという心が損なわれます。居直りはいけませんが、過度の自責もまた毒です。まあもっとも、そこに真摯な扶助《ふじょ》の気持ちがあっても、当人が動かない言い訳にしてしまえば同じことなのですけれど」

「まったく、耳の痛い話だ」

言葉尻に付け加えられた一言は、まさしく今の景久に及ぶ。

もちろん景久の場合は、失敗が取り返しのつかない害をもたらす可能性があった。周囲のためにも、また景久自身のためにも、逐一注視され注意を受けたは仕方ない面もある。だが彼の主体性、能動性の欠如は、やはりそのように育てられ獲得した、行きすぎた自重に由来するのは否めない。

「出すぎたこととは存じております。ですが、池尾様や初名様は、こうしたことは申し上げないと愚考いたしましたので」

「ああ、いや、誤解してくれるな。責めたのではない。あまりに言い当てられて、若干、拗ねてはいるが」

子供のような言いぶりに、りんがくすりと微笑した。

「とまれ、池尾様が佐々木様を遠ざけた理由のもうひとつがそこです。今回の一件が佐々木様の助勢で解決したなら、佐々木様の特別はおそらく世間に知れ渡ります。池尾様は、それを案じたのでしょう」

知られてなんの不都合が、と尋ねかけて、景久はまたもや己の不明に気づく。

子供の頃から、景久は怪力を隠し立てしてきた。そうすべきだと教えられ、なんの疑いもなく従ってきた結果だった。自身の特殊性を明らかにした場合どんな不都合が生じうるか、これを考えた試しが彼にはない。

「衆目を集めれば、世人は必ず佐々木様の一挙手一投足を取り沙汰するようになります。先ほど申し上げたような、嫌な口がきっと増えます。のみならず、そうなればどうしたって現れるでしょう。佐々木様に無償の善意を要求する輩が。その人たちは、自分の都合のいいように佐々木様を利用しようとします。でも自身の労力は指一本ぶんたりとも用いません。全部人任せで、楽と美味しい思いだけをしたいのです。そして、それを断れば言うのです。『できるのになぜしないんだ』と、まるでこちらが悪いみたいに」

これもまた経験のあることなのだろう。心底嫌そうに、りんは柳眉《りゅうび》を寄せる。

「簡単に言い換えるなら、『お前は金を持っているのにどうして貸してくれないんだ』ですね。

都合のいい物言いです。どうしてこちらばかりが親切を期待されなければならないのでしょうか。そもそも、頼っているのにどうして上から物を言うのでしょう。もしもに備えて、金魚なり朝顔なりを育てておけばいいのにと思います」

口早に並べ立ててからまたしても自分の愚痴になったと気がついて、りんはひとつ咳払いした。勢いに呑まれていた景久が我に返って苦笑して、彼女は咳を重ねつつよそを向く。

ああ、あの夜も最初は目を合わせてくれなかった。そんなことを思い返して景久は笑みを深くする。

「佐々木様は根っこがお節介でお人好しですから、そうした者へも真摯に対応しようとして、傷つくのが目に見えています。しかも一度知れ渡ったが最後、注目は終生つきまといます。池尾様はご自身のせいで、佐々木様がそんな状況に陥《おちい》るのを厭うたのに違いありません」

「……彦がよく言っていたよ。『お前が天をひとりで支える必要はない』と。『何もかもをやらせようとする天があったなら、そんなものは支えずに放り出してしまえ』とも。あれは、そういうことだったのだなあ」

池尾彦三郎は、本当に先を考えてくれていたのだ。

童の頃から、組んで様々な悪さをしてきた。だが『お前の力を遠慮なく振るってくれ』と告げられたのは、外記を邪《よこしま》な企てに巻き込まんとした磯方玄道と赤森嘉兵衛のただ二度だけだ。

その上、柔術屋を投げ飛ばした折は相手の油断を吹聴して実態を晦《くら》まし、赤森の一件では外記の采配とその秘蔵っ子の剣の冴えを喧伝して虚像を広めている。

彦三郎は、ずっと景久を守ってくれていた。

――何が対等な友だ。笑わせるな。オレの方にばかり借りが多いではないか。

毒づきながら、恵まれていたのだ、と思う。きっと自分は、いくつものこうした厚意に包《くる》まれて生きてきた。愚昧なこの心が察さずにいただけで。

自分はずっと守られてきた。

楽な卑下をし我が身を哀れむ言い訳をして、その殻の中で、ごろり怠惰に日を過ごしてきた。ならばこれまでの守り手たちを守るべく、この自堕落より巣立つのは今だ。

「でも池尾様も、同じく心得違いをされています」

そんな景久の胸中に水を差すがごとく、りんが言い切った。

「だって、そうでしょう？　佐々木様も初名様も、こんなにもあの方を案じている。なのに池尾様は自分だけが泥を被ればいいと決め込んで、その志のまま、好きに死のうとしているのですから」

彦三郎の選択がまるで我がままであるかのように語ってから、りんは、「もちろん」と付け加える。

「池尾様の決断は優しさから出たもので、その心はきっと正しいです。そして苦しい折にも善を現せる人間こそが大したものなのです。となれば、そんな方を見捨てるのは絶対に正しくありません。違いますか」

「いや、違わない。そうだ。これは確かに、彦の心得違いだ」

強く首を横に振り、そう言い切った。

彼女の掌でいいように転がされている感がなくもない。だが、それで物事が良く運ぶなら、何を気にする必要があろう。

「ではここで、佐々木様の最大の心得違いに触れたく存じますが、よろしいですか」

「まだ、あったか」

「最大であって、最後ではありません。ご了承ください」

にっこり断言する彼女に、またしても景久は「うう」とも「ああ」ともつかぬ唸りを返す。

ふわりと戯《じゃ》れたのち、りんはふっと真剣な眼差しをして、ひどく静かな声を発した。

「何ひとつ上手くできたことがない、なんて仰らないでください」

それは、とても大切なものについて語る声音だった。とても大切なことを告げるための声音だった。

「そもそも、図に当たることの方が稀なんです。悩んで憂えて行き詰まって、次善以下でどうにかやりくりするのが普通なんです。思うように生きられないのは佐々木様だけではありません。誰も彼もです」

景久を縛る特別を、ただの普通だと蹴飛ばして。

「大体その伝でいくならば、私のことも上手くできなかったうちですか。下手を打ったうちですか。だというのなら、私は断じて否定します。私はあの夜、貴方に心を救っていただきました。先日は、身命を守ってもいただきました。私たち親子は、二度も貴方に助けられているのです。少なくとも二度、貴方は上手くしてのけてくださったんです」

ああ、まったく。嘆じて、景久は我が額を押さえた。まったく己は不明の限りだ。どうしてこんな肝心を忘れ果てていられるのか。

あの夜、思えたではないか。花明かり程度にはなれたはずだ、と。自分は何ひとつできないわけではない、と。

勲《いさおし》のようなこの記憶があればこそ、景久は身を縮こめてする窮屈な暮らしを続けられた。決して手が届かぬと見えたものが、地続きにあると信じられたからだ。

もしかの春宵にりんと出会っていなければ、自分は周囲の優しさも慈しみも目に入れず、生《き》のままに膂力を振るう、満たされぬ獣道を歩んでいたやもしれぬ。

「やっと御礼が申せます。ありがとうございました、景久様」

りんは涼しい所作で畳に手を突き、深く深く頭《こうべ》を垂れる。

肌の上を、震えのような感動が走る。報われたのだと思えた。報われていたのだと思った。

「顔を上げていただきたい。礼を言うのはこちらの方だ。あの日も、今日も。救われたのはオレこそです」

胸に満ちる感覚をどうにか飲み下し、景久は告げる。言いを受けて身を起こしたりんは、そのままじっと景久を見た。しばし胸の奥底まで透かすような瞳を続けてから、よし、とばかりにひとつ頷く。診察を終え、もう大丈夫と確信した医者のような仕草だった。目元をふわりと緩めると――

「もう一度伺いたく存じます。このたびのこと、どうなさいますか」

「やろう」

今度は即答できた。あいつが、ひとりで天を支える必要はない。

彦三郎に言われるがまま、見捨てるのがきっと賢い。実際、世間はそうやって諦めている。諦めを知らないと言えば聞こえはいいが、それは単なる童の駄々だ。嫌だ嫌だと泣き叫んだところで現実は変わらぬと知るからだ。

それでも。

——嫌われたがるその鳥に、同道する者があってもよかろう。

いつしか、その口元がふてぶてしく笑んでいる。

「何をどうすればいいかはわからん。だが、やろう。オレはお節介を焼きに行く。彦三郎の思惑を台なしにして、存分に文句を言われることにする」

「ご安心ください。もし池尾様がお怒りになられたそのときは、私も一緒に叱られて差し上げます」

「心強い」

悪友めいた頷きを交わすと、ふたりは揃って居ずまいを正した。

「大きなことを申しましたが、私に妙案があるではありません。思案を詰めておきますから、明日、秋月でまたということでよろしいでしょうか」

顔合わせの場に道場を指定したのは、金貸しの出入りは外聞がよからぬと気を遣ったものだろう。うむ、と鷹揚に頷いてから、この種の先回りした配慮はりんと彦三郎の共通点であるなと思う。世話焼きの気を起こさせる性質が自身にあることについて、景久の自覚はない。

「私ばかりでなく佐々木様も、方策を考えておいてくださいね?」

「も、もちろんのことだ。承知している」

当然、そんな誤魔化しが通るはずもない。口元を手で隠し、りんがくすくすと笑う。

「佐々木様はひどい方です」

「いや、まあ、嘘で取り繕いはした。したが、そう言われるほどのことでもあるまい」

「いいえ、ひどい方です。私は貴方のことを、二度とお会いできない恩人と諦めていました。川祭りには他藩からも人が来ます。だからあれがどこの誰なんて突き止めようもないと、ちゃんと弁えて、吹っ切っていたのです。それが道端で思わぬ再会をして、でも佐々木様はさっぱり私に気づかないで、すっぱり忘れていらして」

「ぐ」

「だのにその後すぐ、体を張って向野屋を守りに来てくださるんです。たったひとりで剣士三人を手玉に取って、なんでもない顔で戻っていらっしゃるんです。焼け木杭《ぼっくい》に火がついたって、仕方がないとは思いませんか」

頭を下げかけたところに慮外を告げられ、景久はぽかんと口を開いた。りんを見返せば、ぷいと彼女は横を向く。横顔が朱を刷《は》いたように赤いのは、見間違いなどではあるまい。

「おまけに御礼の席を申し出れば、頑なに内輪で済ますことを希望されるのだから、勘違いだってしまいます。身内だけの内々で一体何を言われるのか、私も父も、大変身構えておりました。あの後の私の気持ちがおわかりですか」

「も、申し訳……」

親子ふたりだけでの歓待も、あの妙な雰囲気も、そういうことであったのかと、今更ながら景久は悟る。総身に汗を掻く思いだった。

「謝らないでください。責めているわけではないんです。ただ、拗ねているだけで」

「ああ、その、なんと申したものか。いやはや……」

狼狽する景久は、りんの言葉が己の剽窃《ひょうせつ》であるとも気づけない。そのさまに少しばかり溜《りゅう》飲《いん》を下げた彼女は、「それでは」と微笑んだ。

「もし本当にすまないと思っていてくださるのなら。今年の川祭りで、また飴を買ってください」

たっぷりふた呼吸ほどを挟んでからそれが未来の約束だと気がついて、佐々木景久は大いに動揺した。

「縁をお切りいただけますか、父上」

りんを向野屋へ送り届けた景久は、時《とき》を得顔《えがお》を覗かせた初名へ無言の爪弾きを食らわせてから、裃をつけて父の帰りを待った。そして清兵衛が帰宅するなり、「折り入っての話がございます」と膝を突き合わせての談判を所望した。

応じて清兵衛は息子を自室へと招き、対面に座したところで切り出されたのが、勘当を求めるこの一言《いちごん》である。

「自分は彦三郎に加勢すると決めました。これは佐々木の家に累を及ぼしかねぬことです。なので事前に、無縁となっておきたいのです」

春が近いとはいえ、日が落ちれば驚くほどに気温は下がる。常ならば気の利く初名が火鉢に火を起こしておくのだが、左馬之助の一件で藩内が揺れる今、清兵衛の下城時刻は不規則だ。ふたりの間には、しんと冷たい夜気ばかりが詰め込まれていた。熱っぽく重ねた景久の言葉は、その温度を浴びて白く染まる。

「見当違いを申すな」

息子の唐突な言葉に対し、清兵衛は鼻から息を吐いた。

「友人へ助太刀することの、何が見当違いですか」

常のごとく短い物言いに、景久が眦を上げる。自身の決意を愚かと断じられたと感じたのだ。

「そちらではない」

が、清兵衛は動じない。やはり短くそう答え、あまりに言葉が足りぬと思ったのか、続けた。

「縁を切る必要はない。そのまま、好きにしろ。嫡子が加担してこそ意味がある」

「……父上？」

意図を測りかね、景久が困惑を浮かべた。この父は基本的に余計を言わない。そうとわかっていてなお、間の取りづらい話運びだった。

「お前が塞いでいる間に、外記の耳にもこのことが入った」

このことは無論、池尾と後藤の騒動を指す。老いてなお血の気の多いのが秋月外記だ。

ゆえに門弟たちは手を尽くし、師を蚊帳の外に置きざりにすべく画策した。道場においてこの話題を禁じ、出入りの者にもそれを言い含めたのである。

が、どこからともなく舞い込むのが噂だ。先日、ついに外記が一件を聞きつけてしまったのだと父は語った。知るなり彼は、『晴雨《せいう》にかかわらず、後藤はおれが斬る』と息巻いて飛び出しかけ、それを弟子総出でどうにか押さえ込んだのだという。

付き合いの長い清兵衛にこの宥めとして声がかかり――

「直《じき》に愚息が動く。信じて待て、待って任せよと言い聞かせておいた。嘘にせずに済んだようだな」

「……」

臆面もなく言う清兵衛に、景久はただただ戸惑う。

父と子は、同じ家に暮らしつつ疎遠だった。ふたりが年に交わす言葉の数は、下手をすれば初名と一日に交わすそれよりも少ない。年来意味のあるやり取りをした覚えはなく――だというのに清兵衛は、なぜこうも疎遠の息子を信じ切る口ぶりをするのか。

自分は、父に憎まれて当然である。そのように景久は考えている。

なんとなれば、佐々木清兵衛の剣命を断ったのは他ならぬこの拳であるからだ。

そんな息子の怯みを汲んで、父は己が右腕を撫でた。過日、憤激のまま赤森嘉兵衛へ振るった一打を代わりに受けた箇所であり、我が膂力はやはり禍を招くのだと、景久に思い知らせた傷痕である。

「なに、筆の運びに支障はない」

口にしてから、失言と気づいたのだろう。清兵衛は苦く眉を寄せる。

「お前も、あの日を引きずっているのだったな」

「……」

「私は、お前を鳥と見た」

沈黙を肯定と受け、独白のように父は呟く。比喩の感性は、親子で似るものらしい。

「誰も行けぬ高みへ、なんということもなく舞い上がれる翼を持つと見た。だが、それは孤独にも繋がろう。お前の高みをともに飛べる者はない。だから地を歩くやり方を教えようと考えた」

ひとつ息を吐き、顎を撫でてから、見えもせぬ庭の側へ目を飛ばす。おふくろ様の木がある方角だった。

「お前は聞き分けよく従ってくれたが、鬱屈もあったのだろう。それを私が解さなかった結果が、あの日だ」

妹と母を貶めた赤森に、景久は感情を爆発させた。しかしそこにあったのは侮辱に対する怒りばかりではない。燃え盛った怒火の半ば以上は、それまで息子が溜め込んできた憤懣《ふんまん》であったのだろうと清兵衛は見ている。景久はあのとき、自身を解放していい正当な理由を得たのだ。

「お前は私に傷《て》を負わせ、そのまま去った。あのとき私は、お前はもう帰らぬのだと思った」

窮屈を自覚し自由を得た獣が、再び不自由に服する道理はない。

けれど、景久は帰った。自ら檻《おり》に入り、鎖に繋がれることを選んだ。そこにりんとの交流があったとは、清兵衛の知らぬことである。

「戻ったお前に、私は強い克己を見た。私の手などなくとも、我が子はまっすぐ育ちえたのだと直感した。だから以後、お前にどう接すべきかわからなくなった。私はお前のためを標榜し、お前という大樹の芽を自儘《じまま》で損ねた。そう悔いたからだ」

清兵衛の口数の少なさは、不器用な誠実の表れだった。それが我が子との間にできた溝を埋めることに繋がらぬとは知りつつも、父は他に手立てを持たなかったのだ。

もっと早くに知っていたならと景久は思い、同時に先日までの自分であったなら、気休めと見做して決して容れなかったことであろうとも思う。

「至らぬ父を許せ」

重ねて詫びられたとき、景久は初めて父の顔に、歳相応のくたびれを見た。

――ああ、この人もなのだ。

やっとそのことへ思い至れた。

上手くできないと嘆き、上手くやれないと憂い、どうにか次善以下を為そうと足掻き続ける。大きく見続けた背中はまったくもって至極普通の人の背で。だからこそ、いまだ高く越えがたい。

「自分は、自分を愚昧と決め込んで楽をするのをやめようと思いました。何も考えず、頼り、縋り、守られるだけの童は仕舞いにしたいと望みました。保証も確信もなく、それでも暗がりへ踏み出せるようになりたいと願いました。だから彦三郎への助勢を決めたのです」

自分は間違って生まれてきた生き物だ。だから、少しでも善いことをしたいと考える。人の役に立ちたいと願う。そうすれば、ここにいていいように思えるからだ。ここにいるのを許される気がするからだ。

確かにオレは人と異なる。

だが、時世《ときよ》にぴたりと嵌《は》まる者などあるまい。誰もがあるいは身を屈めて、あるいは背伸びをして、今の形に合わせている。

「そのように考える心をくださったのは父上です。至らぬなどと、決して仰らないでください。父上が自分に割いてくださった時間に、無駄など何ひとつありません」

「そうか」

「はい」

父のしてくれたことは、全て土台になっている。景久の今を形作っている。

たとえば潮路の川の流れのように。人に寄り添えるよう整えられて、今の景久がここにある。

「ならば思うように歩め、景久」

堪えかねて、清兵衛が目頭を押さえた。自分が間違っていなかったなどとは言えない。だが、我が子は過たずに育った。そのことが嬉しく、また誇らしい。

「お前は私の、自慢の息子だ」

清兵衛の部屋を辞すと、鼻先に厨からの良い香《か》が届いた。初名が夕餉の支度をしているのだろう。

平素のように縁側にあればいずれ呼び声がかかるだろうが、胸の浮き立つ心地が、どうにもじっと座るを許してくれない。

少し歩くかと、草履《ぞうり》を突っかけて庭に出た。
ふとおふくろ様の木を見上げれば、気の早い梅が一輪、夜の中に綻《ほころ》んでいる。

第五章　しるべ花

それからの景久は迅速《じんそく》だった。

翌日、秋月の道場前でりんと相見《しょうけん》した景久は、まず佐々木の名を負って池尾を助《す》く許しを得たことを伝えた。無論、縁切り望みについてはりんの慮外のことである。仰天した彼女は景久の軽率をきつく咎め、

「親子の縁を保たせてくれた恩人に、その縁を切らせるだなんてありえません。本当に勘当されていたなら、どうあろうと私が責任を取るところでした」

と嘆息してから、連れ立って外記のもとを訪れた。

師には、昨日のうちに訪問を伝えてある。待ちかねた感のある彼は、しかし景久に添うりんの姿を認め、「そうきたか」と感慨深げな声を漏らした。以後の外記の機嫌が奇妙なまでによかった理由は、景久にはわからず仕舞いである。

さておき三者によっていかに池尾へ加担するかの論が交わされ、取り急ぎの方策として後

藤左馬之助の身辺を探ることが定まった。かの仁の求めるところを知り、彦三郎と斬り合うことなく彼の要望の叶うよう取り計らう。そのための妥協点を見出さんという着地点である。

無論ながら述べれば、武辺一辺倒が外記であり、相変わらず世間の見通しが鈍いのが景久だ。論を交わしたと言えば三人がそれぞれに知恵を出し合ったかのようだが、おおよその意見はりんの主導だった。いわば彦三郎の代わりを、彼女が果たした体《てい》である。

斯くして決した方針ではあるが、事が探索となると、景久に病人女人とは捗《はかど》らぬ組み合わせだ。また人手としても明らかに足りていない。

そこでりんは、外記と景久がこれと見定めた門下へ加勢を頼むことを提案した。

そもそも彼女が秋月道場を落ち合い先としたのは、この点を考慮してのことである。妙案が腹にあるではなかったが、この手のことには頭数が入り用だと商家の娘は知悉していた。

赤森の一件以降、景久と彦三郎の人気は秋月において高いと聞き及んでいる。そこを見込んでの発案であったが、果たしてりんの目算通り、声がかりを受けたほとんどが応の声を発した。

藩と家とに関わることであるから、当然、即答を避けた士分もいる。けれど町人弟子らの反応は芳しく――

「彦先生の危地とあっちゃあ見過ごせないな」

「景久さんだけじゃ教えが下手でいけねェぜ」

話を持ちかけるなり、口々にそう言ってのけたのだ。

左馬之助は、今や巷で注目の的である。自ら選んで見世物になっているふうもあり、彼についての聞き込みが怪しまれ、問題視される恐れは低い。

それでも彼らの意気は、「不必要な深入りは絶対にしないでください」と、危ぶんだりんが釘を刺すほどに旺盛《おうせい》であった。全ては彦三郎が築いてきた輪であり、景久が紡いできた縁《えにし》だった。

――『結友、なんぞ多きを須めん』などと申したが。

この景色を見やり、景久は心底から笑う。

――随分とお前の友は多いではないか。なあ、彦。

我が友が目に見えて慕われるさまは、彼にとっての幸福だった。

さて、こうして人数を動かす段になれば、次に必要となるのは金である。無償の善意が続かないとは、昨日《さくじつ》りんが口にした通りだ。彼らにも彼らの暮らしがあり、それを妨げてまでの手助けは強制できず、また、したくもない。

それでりんは日当を約束した。金の出どころは、無論向野屋である。「ご安心ください、父も承知のことです」とはりんの口だ。

鷹の羽組は、悪徳の商家を狙う一団として名高い。そうした風聞を獲得した以上、押し入られた家の善悪が実際どうかは関わりがなくなる。鷹の羽組に襲われたなら、それは悪だと世間は見做す。

向野屋もそのように認知されるところを、彦三郎の手腕により切り抜けている。秋月と連携して盗賊を捕縛した善の側と受け止められているのだ。この恩義により、父は無尽蔵の資金提供を約束するのだとりんは告げた。

「それに池尾、佐々木両家に恩を施すは、当家にとっても利ですから」

自身の情を損得にすり替えて偽悪するさまは、やはり彦三郎とよく似ている。

景久は悪友にするように肩を叩きかけ、それは女人への扱いではなかろうと思い直した。

初名にするのと同じ心地で頭を撫でる。

「あの」

「……以後、考えなしは慎む。見逃してもらえるか」

「今回限りですからね」

城下でも名の知れた向野屋の娘であるから、秋月の門下らはりんに対し、一枚壁を作って遠巻きにする向きがあった。が、このやり取りを目の当たりに、彼らは顔を見合わせる。

金貸し小町の中身は、どうやら算盤珠だけではなかったらしい。

以後、居合わせた一同は彼女への態度を変転させることとなる。

外記の私邸を帷幕《いばく》とし、順調に滑り出したかに思えた活動だが、しかしながら現実は非情だった。

情報の収集が両日で行き詰まったのである。風聞はたちまち集まった。しかしそれを分析すれば聞き取りができなかったのではない。その先に望む未来があるするほど折衝《せっしょう》の無意味が浮き彫りとなったのだ。

彦三郎が灰神楽と評した通り、左馬之助の熱望には実体がない。これでは交渉のやりようもなかった。ではなく、ただ池尾を損ねる一念のみで動いている。これでは交渉のやりようもなかった。

では左馬之助は諦め、左馬之助一党、あるいは鷹の羽組という集団を見るならどうかと言えば、これもまた思わしくない。

左馬之助に付き従う彼らは、不可思議な共感で結ばれている。金銭や権勢欲ではなく、希《き》死念慮《しねんりょ》が色濃く漂う不可解な上下関係性を構築しているのだ。

個々の欲望は曖昧模糊《あいまいもこ》、千差万別でありながら、群れとしては左馬之助のためという一点で合致している。漠然とした方向性に沿って、それぞれが好きに動いている。いかに部分を切り崩そうと全体への影響は薄く、まるで蚊柱のように駆逐しがたい相手だった。

手を拱《こまぬ》くそのうちにも、砂金のように貴重な時の粒は消費され続けてゆく。

果たし合いの期日も定まって公布され、いよいよ眉が焦げ出していた。打開の案はいっかな浮かばず、最早策を弄するだけの時間も失せようとしていた。

——斬るかね、後藤左馬之助。

景久の胸には、先日告げた言葉が去来しつつあった。

幸いにもと言うべきか、彼の陣容は判明している。

左馬之助が平素身辺に置くのは、ただ八名のみ。他の手勢は鷹の羽組として、いずこかに潜ませているものらしい。

現在の左馬之助が、一種見世物を演じるとは、先に述べた。

いかに彼が酷薄無残の振る舞いをしようと、後藤と池尾の争いは、世人にとって対岸の火だ。当事者たちが慌てふためき立ち回るさまを面白く眺めるものでしかない。そのため事を起こした左馬之助には、花形役者のごとき人気があった。彼の一挙手一投足へ、常に衆目が降り注いでいる。この目を逃れて無頼と交わるは容易からず、父の無念のために藩と相対するという表向きの正義を壊さぬために、左馬之助は多くを引き連れず、また手勢との連絡を断ったのだ。

義賊の評を得るとはいえ、鷹の羽はあくまで盗賊。匂わせるのみならまだしも、関わりが明らかとなれば世人がどう取り沙汰するか知れたものではない。

世間の耳目に、左馬之助一派は守られている面があるのだ。これを失えば、最悪新之丞が目論んだような、強権での捕縛もありうる。そうした配慮が、この手薄を呼んだものであろう。

以上は清兵衛が運んできてくれた城中の消息だった。城勤めが長く信任が厚いだけあって、父がもたらす報は珠玉であり、その信頼性は高い。お陰で頭数のみならず、左馬之助が塩土の社に築いた陣幕の内側もほぼ掴めていた。

とはいえ、自ら身の守りを減らしたのだ。左馬之助が侍らせるのは、そのぶんだけ選りすぐった刀術使いで相違ない。

左馬之助自身を含め、斯様な強者《つわもの》が合わせて九人《くにん》。これが全て秋月外記と遜色《そんしょく》ない手並みであるとしたら、なかなか難儀な数である。さて、自分になんとかできるものであろうか。

そんな胸算用までをも、景久ははじめていた

好んで斬人を行う彼ではないが、人の命の軽重は主観によって大いに変わる。ゆえに景久は、彦三郎を生かすためならば斬り込みもやむなしと考えていた。

つまりは、ひとりで動く心を決めたのだ。

適材適所というものがある。単身でしかできぬやり方がある。何より、危うきを踏むのはオレのみでよい。何よりこれは。

「――オレが、支えるべき天だ」

そのように景久はひとりごつ。


最早打つ手はあるまい。

夜道を行きつつ、幾度目かの検討を終えた池尾彦三郎は満足げに頷いた。

この池尾彦三郎を救うべく、秋月道場が蠢動をはじめたと彼は聞き及んでいる。まず景久の発案であろう。何もするなと告げたというのに、困った男だ。

だが、今更何ができるはずもないのだ。

果たし合いの期日は、公布に先駆けて彦三郎へ伝え渡されている。だからどう足掻こうと間に合わぬ頃になってから、彼は友へ永訣を告げたのだ。もう明後日には、自分は斬り合って彼岸へ渡る。

清兵衛に初名、外記といった面々がいかに景久へ助力しようと、この抗いがたい流れが変わることはない。

唯一危うきがあるとすれば景久の短慮による後藤一派への斬り込みだが、これは藩命に異を唱え、藩の存続を覚束なくさせる行為である。さすがに清兵衛も外記も許すまい。彦三郎と同じく、景久をよく知るふたりなのだ。景久の思考がここへ至るを察し、暴発のその前に制止してくれることだろう。

思いつつ、それでもなお彦三郎が検討を重ねるのは、外記による急な呼び出しへの不安があったからだ。

このところの彦三郎は、池尾の家に軟禁状態にあった。新之丞が人事不省の今、池尾の者たちは不安に凝《こご》っている。そして信じている。信じようとしている。彦三郎の首を左馬之助に捧げさえすれば、自分たちは許されるはずだ、と。つまり彦三郎は、荒魂《あらみたま》へ奉納する生贄《いけにえ》というわけだった。

ゆえに池尾親族一同は、彦三郎の逐電を最も恐れている。既に腹をくくった彼が逃げ隠れするはずもないのだが、どうやらそのあたりの機微も、すっかり見極められなくなってしまったらしい。

その彦三郎が、今宵どうして外出を許されたかと言えば、それは師よりの招きがあったからだ。

――果たし合いに備え、愛弟子に秘策を授ける。

藩の指南役より斯様な書状を受けて拒める者は、現在の池尾にない。

だが、と呆れ交じりに彦三郎は目を走らせた。彼の前後を固めるのは、武技に長けた中間《ちゅうげん》たちである。後藤一派の闇討ちを防ぐべくの護衛という触れ込みだが、実質は彦三郎の監視だ。

平素より父に阿《おもね》る、伯父あたりの手配りだろうか。老いたる新之丞よりも先がないと見られる証左のようで、彦三郎としてはいささか可笑しい。

ともあれ、今は外記である。

秘策云々など、端《はな》から彦三郎は信じていない。秘技秘剣を授けたところでどうなる彦三郎ではないと、師は知悉しているはずだ。

となればわざわざ日が落ちてから呼び立てた理由は、まず景久の企み成就のための何事か、ということになる。最早このことに対するどういう手立てもないはずだが、彦三郎は神ならぬ我が身を知っている。最前から繰り返す検討は、見落としの不安より逃れるためのものであった。

傍目《はため》には鷹揚に歩むとしか見えぬその面差しが、やがて秋月道場の門を潜る。

「ここで待て」

中間らに言い含め、彦三郎は外記の私邸へと上がった。常通り案内も請わず、師の居室を訪う。挨拶の口上をして襖を開け、そこで彼は絶句した。

「よく来たな、馬鹿弟子」

にたりと笑って迎えた外記が、切腹を行うがごとき白装束で畳に端座していたからである。

「先生、その装いは」

「まあ聞けよ。おまえの知音の話だ」

そらきた、と彦三郎は思う。同時に、暗澹《あんたん》たる心地になった。自分ひとりを放り捨てればそれで済むのに、どうしてこの身を見捨ててはくれぬのか。我が家族、我が血族のごとく、この彦三郎を供犠《くぎ》と扱えば波風も立つまいに。

「不満げな面《つら》ぁしやがる。だが許すさ。おれは今、大層機嫌がいいんだ」

「それは重畳にて」

「心ならずを口に出すなら、まず顔をどうにかしな」

伝法に告げたのち、やにわに外記は手を突いて、彦三郎に頭を下げた。

「左馬之助のこと、不安にさせちまったな。おれがとっととしゃしゃり出て、全部斬っちまえばおまえの心労もなかったんだが、清兵衛の奴に引き留められてよ」

「当然のことでしょう。いかに先生といえど、藩の意向を無視したとあればただでは済みません。この道場が、延《ひ》いては先生の剣の命脈が……」

「そうじゃあねェよ。そういうことじゃあねェんだ」

彦三郎の言葉を、外記は頭を上げつつ鼻で笑って遮った。

「清兵衛はな、言ったのさ。『直に愚息が動く』ってな。その通りになりやがったぜ。あの洟垂れ景久が、ようよう芽吹きやがった。だからおれは嬉しくてよ、こうして余計をするってわけだ」

「……」

景久が池尾彦三郎のために動いたのみでは、外記はこうも褒めたたえまい。やはり計算違いがあったのだと、彦三郎は確信する。冷たい汗が焦燥のように背筋を流れた。

「実は今夜な、後藤左馬之助は向野屋庄次郎の歓待を受けている」

「まさか！」

その一言だけで、彦三郎は十を知って声を上げた。

軟禁の憂き目を見る彦三郎とは対照的に、後藤左馬之助は日々藩内を巡り歩くと聞く。後藤閥ならぬ家々を訪れ、篭絡《ろうらく》するべくだ。無論ながら、これは示威も兼ねている。我らに歯向かえばどうなるか、わかっていいような。そう睨みを利かせているのだ。

無論、単身での遊行《ゆぎょう》ではない。一味の剣士の半数が、常に彼に付き従っている。が、これが護衛と呼べるかは判断の分かれるところだった。

家宅へ直接赴いた場合はともかく、左馬之助の知遇を得ようと酒席を設けて彼を招く向きもある。こうした折、左馬之助は一滴も飲み食いせぬというが、随行の剣士たちはそうではない。存分に酔い、時には帰途、左馬之助の傍を離れて女まで買いにゆくという。

配下の放埓《ほうらつ》を許すのは、張り続ける弓の弱りを防ぐべく適度な弛緩を与えるためか、はたまた自身の技量によほどの信を抱くからか、左馬之助の腹の内はわからない。

けれど景久が、これを斬り込みの好機と見るのは確実なことである。

つまるところ師は、彦三郎の友が今まさに暴挙に及ぼうとしていると告げたに他ならぬのだ。

その上、言い口から察するに、外記も清兵衛も景久の行動を制止していない。むしろその後押しをしたふうすらある。

だがしかし、両者の協力のみでは景久の無謀は成立しなかったはずだ。その道理を曲げてしまったのが、向野屋庄次郎の後押しである。

後藤一派からしてみれば、向野屋は是非とも誼《よしみ》を通じておきたい相手に違いない。藩で知られた金貸しである庄次郎は、極上の金づるである。だがこの繋がりで得られる利は金銭のみに留まらぬ。向野屋を押さえることは、これに借財のある者全ての首根っこを押さえることに等しいのだ。

闇討ちの危険を知りながら、それでも果たし合い直前の酒宴を左馬之助が容れたのは、そんな庄次郎の招待であったればこそだろう。

後難を恐れず、向野屋が斯様な役割を買って出たがために、事態は彦三郎の筋書きを大きく外れようとしている。破天荒からは縁遠いはずの人物がなぜそんな仕業をと、彦三郎は叫び出したい心地だった。

「庄次郎殿はよ、実に張り切っていらしたぜ。『お陰様で久方ぶりに、娘に頼られました』ってな」

愕然とする弟子の胸中を全て見抜いて、外記はくつくつと愉快げに喉を鳴らす。

「ああ、そちらばかりを責めてくれるなよ。そもそもの発案は、向野屋の娘御だ。『人様を焚きつけるだけ焚きつけて、自分はなんの危うきも踏まない。それは道理の通らないことと思います』と啖呵《たんか》を切ってな」

「りん殿が……」

今度はなんとない得心があった。

あの娘はきっと、景久の弱音を聞いたのだろう。そして彼女は、人として正しくあろうとする怪物の本音を耳にしたなら、決して見捨てないだろう人間だ。

「愛《う》いじゃねぇか。あれこれと言い繕っちゃあいるが、肩入れの理由はつまり、景久に成功を味わわせてやりてェってだけさ。要はおまえと同じだな」

ゆったりと立った外記は彦三郎に歩み寄り、その肩に手を置いた。

「それとな、言い繕いってんなら、おれらも同じだ。同じことなんだぜ、彦三郎。なんのかんのと理屈をつけるが、結局のところ、おまえに生きてほしいだけなのさ」

乗せられた手のひらからは、不思議な温度が伝わってくるようだった。

彦三郎は唇を噛み、表情と感情とを押し殺す。

「ただな、現状不足してんだよ。景久の仕出かしを誤魔化す知恵者が足りてねェ。だからおまえを呼んだのさ」

彦三郎から離れると、外記は背を向けて刀掛けの刀を取った。

「景久の奴としちゃ、今夜のことはおまえに伏せときたかったようだ。これまでおまえに守られてきた。だから今度は手前が守ろうって魂胆だろうよ。だがあいつに、事後の処理ができるはずがない」

「それを、自分にしろと？」

「ああよ。どう転がってどう決着するかは知れねェが、今宵、景久はひと皮剥けるぜ。そこにおまえが居合わせないのは嘘だろう？」

死に装束に刀を帯びて、外記は彦三郎を振り返る。迷いのない剣人の顔をしていた。

「なぁに、どうにもならねェさまになったそのときは、おれに濡れ衣を着せてくれればいいぜ。おれが勝手に斬り込んで、おれが全部台なしにした。そういう話の筋でいい。どうせ老い先短い身の上だ。何も惜しむことなどねェよ」

師の瞳にある覚悟の光に貫かれ、彦三郎は絶句する。切腹の支度めいたこの出で立ちの意図を思い知らされていた。

覚悟の量を見誤っていたのだと痛感する。いや、違う。見誤ったのは親愛の量だ。自らの言葉の通り、秋月外記はどうあろうと池尾彦三郎を生かすつもりでいる。

もう一度、彼は強く唇を噛んだ。

「……社《やしろ》橋ですね」

次いで口にしたのは、潮路川にかかる橋の名だった。これを渡ればまっすぐ塩土神社の境内へ通じる。それがゆえの通称である。

藩の地図を脳裏に浮かべた彦三郎は、向野屋と左馬之助一味が陣取るこの神社との位置関係から、景久が襲撃をかけるであろう地点を割り出したのだ。

外記は口角を上げ、弟子の憶測を肯定する。それから部屋に差し込む月の具合を確かめて――

「そろそろ、左馬之助が向野屋を辞する時分だ。今から駆ければ、まあ決着には間に合うだろうよ」

「ですがそれをするには、いささかの障害があります」

「ああ、おまえんとこの中間どもか。気にするな。あいつらは、おれがもてなしておく」

ぎらりと剣光の鋭さで外記が笑う。実に楽しげなそのさまに、彦三郎は首を振って嘆息した。病身であろうがなんだろうが、この人は変わらず秋月外記だ。

「ご迷惑をおかけします、先生」

「弟子どもの花道だ。いいってことよ」

一見恬淡《てんたん》と言葉を交わしながら、彦三郎の心はもう、社橋へと駆け出している。

――あまり無茶はしてくれるなよ、景。

友人の剣を彦三郎は疑わぬ。彼の実力はよく心得ている。だがそれでも、不安を覚えずにいられぬ不気味さが左馬之助にはあった。

丁々発止が既に起きていることを予感しながら、彦三郎はただ、友の無事を願った。


彦三郎が秋月道場を走り出た、ちょうどその頃。

景久は橋の袂《たもと》の闇の中に立っていた。明かりは持たない。周囲を照らすは、か細い月の糸のみである。

今宵左馬之助が連れるは四名。向野屋の使いから、そのように伝え聞いていた。

左馬之助を含めた九名全員が勢揃いする先へ乗り込むよりも大分によい状況ではあるが、一対多であることに変わりはない。

力及ばず、こちらが膾《なます》に叩かれる可能性も大いにあろう。友に先立つ危険も考慮に含めたその上で、だが彼は、必ず無事で戻ると決めていた。なぜならば――

「飴を、買わねばならぬからな」

月光にぼんやりと横たわる塩土の社の影を見やってつい呟き、慌てて口を押さえた。諸手で両頬を叩き、自らを戒める。これよりが一大切所だ。浮かれた気持ちは捨て置かねばならぬ。

そうして夜に佇むうち、やがて景久の目が、橋向こうから来る提灯を捉える。

火袋に入るその紋は、見紛うかたなき違い鷹の羽であった……

「後藤左馬之助殿とお見受けいたす。これなるは佐々木清兵衛が一子、景久。しばしお耳を拝借したい」

夜の中から響き渡ったこの口上に、左馬之助が足を止めた理由はふたつある。

ひとつは佐々木景久なる名が、よく聞くものであったことだ。

後藤閥に寝返ろうとする者たちが、手土産として真っ先に告げるのがこの名だった。語る者によってその像は異なるが、共通するのは池尾彦三郎と至極親しい者として挙げられる点だ。

池尾はまだしも、彦三郎に手を出せば必ずこやつが絡むだろうと誰もが口を揃えた。

――うだつの上がらぬ藩士と見えて、その実、秋月外記の秘蔵っ子である。ご用心召されよ。

左馬之助に媚《こ》びと身内を売る奴ばらは、恩着せ顔で決まりごとのようにそう言うのだ。

またこの名は、赤森嘉兵衛の口からも出ている。人並外れた欲動と自尊心を備えた彼は、剣もまた人並み以上に使った。だが景久の名を語る折、その彼の目の奥には、自身も自覚せぬ怯えがあった。そのことを左馬之助は記憶している。

もうひとつは、単純に警戒だ。

単純に、と述べはしたが、左馬之助を手はじめに、供回りの緒方《おがた》、関《せき》、日暮《ひぐらし》、殿井《とのい》。いずれも腕利きの剣士である。尋常の侍ならば、赤子の手を捻るように対処する。その彼らに、まず警戒を抱かせること自体が難しい。

だが佐々木景久はそれをした。

左馬之助自身を含めた一行の誰しもが、声が発せられるまで、その存在を感知できなかったのだ。もし彼が不意を討ってきたならば、ひとりふたりは斬られていた状況である。

このことが供回りらの酔いを消し飛ばし、咄嗟《とっさ》に持っていた提灯を投げ捨てさせた。伏せられた弓鉄砲への用心である。左馬之助は一度暗殺の手を向けられた身だ。二度目は一度目より峻烈《しゅんれつ》な方策を取られるのが常道であり、これは当然の備えだった。

「いや、いや。そう身構えずにもらえるかね」

つまるところ、こうした太平楽を言い放てる景久こそが誤っている。この男は左馬之助らの反応を、何を大仰な、としか思っていない。

刃傷沙汰《にんじょう》の覚悟を定めながら、しかし景久がまず選択したのは対話であった。

相手も人の子、話し合いの余地がないではあるまい。直接に声を交わせば情の通じるところもきっと出る。そのように、他者の善性と可塑性を信じている。

万一物別れに終わって相手の怒りを受けるとも、我が身ひとつなら剣も掻い潜って逃げるも叶う。なに、傷は負おうが命までは落とすまい。

言ってしまえば浅知恵である。自分だけを基準にものを考える、悪癖でしかない。己の振る舞いが、まず闇討ちと見做されて仕方ないことに考えが及んでいないのだ。

もし彦三郎が居合わせたなら、景久のこうした気質を――なんとなく、「まあ大丈夫だろう」で動く短慮を知悉し、事前に戒めていただろう。が、残念ながら、りんにそこまでは望むべくもない。

「貴殿らが過敏になる気持ちはわかる。だがこちらに事を荒立てるつもりはないのだ。ただひとつ、頼みがあって来たまでのこと」

語る景久は、まったくの無防備と見える。彼を陽動に動く何者の気配もなく、毒気を抜かれた供回りらは顔を見合わせた。弛緩と戸惑いが珍妙に入り交じる空気を裂いて――

「聞こうか」

左馬之助が応じた。

友好的態度、というわけではない。半眼に細めた目には、殺気と見紛うばかりの精気がぎらついている。

「貴殿が左馬之助殿かね」

「いかにも。そういう貴様は池尾の友だな？　どういう用件だ。オレの首を取りに来たではないのかよ」

「違う、違う。そうではないのだ」

手を振って否定してから、景久は体をふたつに折って深々と頭を下げた。

「この通りだ。池尾彦三郎との果たし合い、するなとは言わぬ。だが真剣はやめにしないかね」

左馬之助の名分である、父の恨み。

これはまあ、景久にもわかる。自分とて父を斬られれば意趣を抱き、それを晴らさんと願うだろう。

だがしかし後藤将監の死は、お互い納得ずくでした果たし合いの結果である。後から喚くは無粋だし、武芸を心得ないその息子を標的とするのはまた違おう。横車を押してまで殺し合いをすることはあるまい。

そのような意味のことを、つっかえながらも景久は説いた。

「彦三郎はな、あれも武士だ。きっと覚悟は決めている。だがあれが斬られると泣く娘がいるのだ。だから、勘弁してやってくれんかな。後藤左馬之助の武勇はオレの耳にすら聞こえて名高い。彦三郎は、そのような剣人が斬る価値のある相手ではないよ」

「価値のない者を庇うのか」

「あれの価値は剣とは別のところにある。何よりオレの友さ。生を願って当然ではないか」

言ってから景久は照れたように鼻を掻く。

「まあつまりなんだ、何も命のやり取りまでしなくともよかろうという話だ。傷つけ合えばまたぞろ双方に遺恨が残る。なのでちょっとした腕比べ、殴り合いくらいで済ませるのが上策と思うのだが、どうかね？」

精一杯重ねた言葉の後に、やってきたのは沈黙だった。

期待を込めて見つめる景久へ、ひひ、と左馬之助が吸い込むような笑いを上げた。

「阿呆か。痴《し》れ犬が」

党首の拒絶を汲み、先頭の緒方が恫喝を含んで吠える。

「殴り合い？　殴り合いだあ？　餓鬼の遊びじゃあないんだ。少しは考えて物を言え」

「本身《ほんみ》を振り回せば大人というわけでもあるまい。殺すくらいなら、餓鬼で構わんと思うがね」

わざと惚《とぼ》けたとも聞こえる返答に、取り巻きたちが一斉に鼻白む。

「そもそもな、大人子供の話じゃあないのさ」

その怒気を手で制し、かすれ声で左馬之助が告げた。

手勢へ向けた手のひらを翻《ひるがえ》すと我が腹に当てる。

「ここにな、芽がある。オレはそれを咲かせてやらねばならん。だから、水が入り用なんだよ」

「水とはつまり、彦の首か」

「それだけじゃあ足りんな。ああ、足りないなあ」

月明かりにもはっきりと、左馬之助の目玉がぎょろりと動くのが見えた。見回した彼の視界には、御辻藩そのものが収まっていることだろう。

──ああ、これはいかん。

事ここに至って、さすがの景久も悟った。これは確かに灰神楽だ。悪いものに憑かれているとしか思えない。

「逃げるかよ、佐々木景久」

じわりと下がったその足の意図を読んで、左馬之助がまた、ひひ、と吸気を漏らす。

「逃げてもいいが、逃げても無駄だぞ。先に佐々木にすることにした。池尾の前の見せしめに、佐々木の家を打ち滅ぼすことにした。大人しく息を潜めるなら見逃してもよかったが、しゃしゃり出るなら容赦は要るまい。貴様らが、血祭りの手はじめだ」

「……なるほど、そうなるか」

嘆息して、景久はようやく己の行為を自覚した。同時に彼我の間に横たわる、いかんともしがたい断裂を把握した。

ゆっくりと首を横に振る彼の仕草を絶望と見て、護衛の四人が嘲りを浮かべる。

「佐々木の家はこの男と父と、その娘だったか」

「ああ。そう聞いている」

「親もそれなりに使うと聞いたぞ。俺が斬りたい」

「おれは娘の方がよい。池尾の息子と懇意と聞く。楽しめよう、色々と」

眼前で酷薄の相談をはじめた四人を、景久はとっくりと眺めた。

「貴殿らは、強ければ何をしていいとでも思っているのかね」

負け惜しみとしかとれぬ言葉に、供回りらが声を立てて笑う。

「弱ければ何をされても仕方がないという話さ」

四人ともが、人の嘆きを楽しむ顔をしていた。人を踏みつけるのを好む顔をしていた。景久の、一等嫌いな顔つきをしていた。

「なるほど、勉強になった。では――」

短く言って頷くと、ふと前へ出る。

あっという間もなかった。景久が手を伸ばしたと見えた直後、一体何をどうされたのか、緒方がもんどりを打った。その体は橋の欄干《らんかん》を越えて飛び、尾を曳《ひ》いて落ちる悲鳴は、やがて水音に変じて途絶える。

「――これからのことにも、我慢が利くな？」

声に前後して、日暮と関、左馬之助の左右に位置するふたりが抜き打った。事態への反応も仕掛けの速度も、恐るべきものである。月を映して鈍く煌《きらめ》く刀身が、裂帛の気合とともに閃く。

味方の骨肉を断つも厭わぬ同時攻撃は、しかし空《くう》を裂くのみに終わった。景久の体《たい》はもうそこにない。実際に斬撃が至るより早く、まるで予め知っていたかのように、彼は刃の道筋を回避している。

梅明かり。

景久の鋭敏な五感は、両名が滲ませる予兆を的確に読み取っていた。夜の闇と多人数という観察における不利を負いながら、彼はこの秘奥を十二分に活かしている。

それゆえ、やわらかな動きで剣を避けた景久は、振り返りもせず横方向へ高く飛んだ。

驚愕したのは、景久の背後へと忍び寄っていた殿井である。死角からの奇襲を目論んだこの男は、いざ刺し貫かんとした背を直前に見失う格好となった。跳ねた景久は勾欄《こうらん》の天辺を蹴って再度飛び、殿井の背後へと舞い降りる。天狗《てんぐ》めいた身軽さだった。なまじっかの剣士ならば、狼狽のうちに後背より掌握され、川へ投げ落とされていたことだろう。

が、敵もさるものだった。咄嗟の気配に反応し、殿井は鋭く反転。勘だけを頼りに背後の死角へと剣を繰《く》る。

その剣閃と景久の裏拳とが歪《いびつ》な十字を描いて交差した。半ばより打ち折られた殿井の刀が宙を舞う。とんだ神業だが、景久にしてみれば敵手の呼吸も刀の軌道も既知のことだ。合わせるのに困難はない。

愕然と動きを止めた殿井の襟首を、むんずと景久の手のひらが捉えた。殿井が満身の力で踏ん張るも、一瞬なりとも堪えられはしなかった。彼の体は猫の子のように軽々と投じられ、欄干を越え高く水音を上げる。

潮路川に架かる橋は、かつては増水時に橋自体が水面下に沈む潜水橋が主であった。が、治水が進むにつれ、高水位下でも冠水しない抜水橋が大きく増えた。社橋もまた例に漏れずで、堅牢にかけ直されている。気取った欄干を両脇に備え、川を跨《また》ぐ橋面は水面よりも遥かに高い。

その高さから夜の流れへ落ちたのだ。鍛え抜いた体であれば溺死《できし》は免れるだろうが、戦意が残ったとしても、たちまちの戦線復帰は難しい。自身の剛力を考慮して選んだ地の利であった。

「……化け物め……！」

その技と力を目の当たりにし、日暮と関が二の足を踏む。ともに一流の技量を備えるからこそ、景久の異常を如実に感知し、臆したのだ。

もしこの男がその気になったなら、人の手足を虫のようにもぎ取ることも容易いはずだった

——弱ければ何をされても仕方がない。

ああ、なぜそんな放言をしてしまったのだろう。当初は凡庸の小物としか見なかった景久の姿が、両名には今、巨大な怪物のように映っている。完全に射竦められていた。

硬直するふたりへ向けて、景久が一歩進み出る。

ずしん、と。

確かに、地響きがした。

無論錯覚である。怯える心が聞かせた幻にすぎない。

けれど、それは生存本能を刺激するには十分だった。反応が一瞬早かったのは関である。

これまで剣に、武に携わって育んだ第二の天性が、このまま蹂躙されるのを激しく拒んだのだ。

腹の底からの気合を発すや、彼は走り込んで腰だめの剣を全身全霊で突き込んだ。雷光の

ごとき疾駆であり刺突だったが、その運動は完遂されなかった。無造作に手を伸ばした景久が、ほんの指二本で刀をつまみ止めている。

それだけで。ただ、それだけで。

鍛え抜いた剣士の渾身の一刀は、強制的に停止させられていた。まるで悪夢のような光景だった。

関は、即座に柄から手を離し、逃れるべきであったろう。だが剣術使いとしての性根が、彼に刀を捨てさせなかった。反射的に絶望的な力比べに固執したその瞬間、景久が今度はぐいと引いた。

思わぬ力の変化に関の上体が泳ぎ、そこへ景久のもう一方の腕が唸りを上げた。下方から弧を描いた掌底が、狙い澄まして顎先を掠める。かくん、と男の膝が落ちた。意識を叩き出され、糸が切れたようにくずおれる。

「なんなんだ。貴様一体、なんなんだ！」

悲鳴のように叫ぶ日暮へ、景久が小首を傾げた。

「何、とは異なことを言う。今しがた、その口で呼んだではないか」

囁きながら、歩を進める。間合いを測りすらしない、無造作な距離の詰め方だった。完全に及び腰となった日暮の眼前に立ち——

「化け物だよ」

寂しく告げるその顔は、夜に溶けて窺い知れない。

奇声を上げて、日暮が刀を振った。太刀行き、などというものでは到底ない、棒きれを振り回す子供のような無残な為しようだった。当然、景久を傷つけるべくもない。

ひょいと動いた景久の手刀が盆の窪を打った。打たれた日暮は前にのめって倒れ、それきり動かなくなる。完全に昏倒していた。

「やるものだな、佐々木景久」

笑い声が、ひひ、と響く。

見やれば左馬之助が、ようやく刀を抜くところだった。

梅明かりをもってしても読めぬこの男を、景久は最も警戒していた。得体も力量もまるで知れない。ゆえに立ち回りの最中も、常に彼との間に他者を挟み込んで動いていた。不意の太刀風を受けぬべくの仕儀である。

が、左馬之助は一度も仕掛けてはこなかった。手勢が打ち倒されてゆくのを、ただただ傍観していた。その不気味さが、景久の用心をより一層に深くする。

「さて——」

ぞろりと垂らした白刃を手に、左馬之助が向き直り。

「貴様はどちらだ。水か、花か」

そうして、己のみに通じる理を問うた。


後藤左馬之助は恨みの子である——とは、先にも述べた。泥のごときが、彦三郎が灰神楽と看破した通り、その熱は他者より注がれたものである。怨念の出どころは、左馬之助の母にあった。


後藤将監の妻であった女の名を、乙江《おとえ》という。

家老の家に嫁いでからか、はたまた生来か、高みを好む性《さが》をしていた。美貌で、家柄で、権勢で、金銭で。


あらゆるもので自他を比較し、人を下に見ては悦に入る女だった。

だから彼女にとって、池尾に敗れた後藤の凋落《ちょうらく》は由々《ゆゆ》しき事態であった。これまで見下してきたものに見下される。そのようなありさまは、乙江に耐えられるものではなかったのだ。

そうして、彼女は妄想に憑りつかれた。周囲が己の一挙手一投足を監視し、嘲笑うとの迷夢である。

このため夫の葬儀ののち、まだ幼い息子の面倒を見る名目で、乙江は御辻を離れた。誰も自分を知らぬ土地ならば、軽侮の視線に晒されることもない。そう考えての江戸への転地であったが、自身の心より逃れることは叶わなかった。

彼女の来歴を知る者も気にかける者もない土地にありながら、乙江は誹謗《ひぼう》の声を聞き、中傷の眼差しを感知した。それで彼女は日がな自室に篭《こ》もり、時をただ、息子へ己の恨みを注ぐことに費やした。

お前は池尾を誅戮《ちゅうりく》すべく生まれた子だと説き続け、苛烈《かれつ》と言う他ない教育を左馬之助に施した。紅葉の手に刀剣を握らせ、高名な剣人を招いて指南を受けさせた。

具足金《ぐそくがね》、と呼ばれるものがある。

武家がいざ合戦の折に備え、具足櫃《びつ》に蓄えた金銭を言う。あるいは浪人し、あるいは餓死の困窮に陥ろうとも、武家に生まれた者はこの金にだけは手をつけなかったという。

が、乙江はこれを使った。彼女にとって将監の恨みを晴らすことは、後藤の家格と名声を取り戻すことは、既に合戦であったのだろう。

過分な水を与えられ続けた鉢の木が、根腐れを起こすように。これほどに重い感情を浴び続けた子はまず潰れる。

けれど、左馬之助は並でなかった。不幸にも。

彼には天賦があり、天与があった。

生得の五体は誰よりも速く、力強く動き、その才覚は乾いた砂のようにあらゆる教えを吸い込んで大器を伸ばした。

左馬之助に、父の記憶は朧気《おぼろげ》だ。

日々切々と母は怨恨を説くけれど、その言葉は彼の心に響くものではなかった。それでも克己努力に励んだのは、すると母が笑んだからだ。

『これも将監様のお陰だね』

自慢の息子の成長は乙江の自尊心を満足させるものだった。だから彼女はそう言って笑い、己の行いは母のために為す善いものなのだと、幼い息子は一途に信じた。

しかし、それも長じて真実を知るまでのことである。

左馬之助は武芸ばかりの男ではない。元服の頃ともなれば存分に世間を見、同時に後藤将監の愚かさも理解した。母の語る正義など、そのどこにもなかった。あるのはただ欲得ずくの権力争いばかりだった。

醜く、誤っていると思った。そんな父に執着するは不幸であろうと考えた。それで左馬之助は母を説いた。

『そんなことを言って、将監様はどう思《おぼ》し召すだろうね』

が、返ったのは拒絶だった。母は現実を拒んでいるのだと、拒むことで自分を支えているのだと、息子はそのとき把握した。

将監様が。将監様が。将監様が。

母の中にはそれしかない。過去しかない。しかもその将監様は、自己の投影であるのだ。母に都合のいいことしか、夢想の父は語らない。

彼女からしてみれば、自分に都合のいい何もかもが、「将監様のお陰」だった。息子の心も献身も努力も、全てがそうだった。世には打ち壊すしかない偶像があると、左馬之助はこ
このとき悟った。そうでなければ、己の眼《まなこ》で物を見ぬ者がいる。左馬之助はそれでいて、乙江は自らに阿《おもね》る者に敏感であり、狡猾《こうかつ》であった。

高まる左馬之助の名を聞き及び、後藤閥の者が現れるたび、我が子が将監様の仇を討つ心積もりであると語り、さも真実のようにこれを流布した。

左馬之助自身は不在のまま、左馬之助の名は反池尾の神輿《みこし》として担ぎ上げられていた。

『これで将監様のお役に立てますね』

その景色を眺め、母は満足げに笑った。だから、左馬之助も笑った。

——ひひ。

彼は、いつしか呼吸が難しくなっていた。押しつけられ、圧し潰されかけていた。自由な呼吸ができず、どうにか喉を鳴らすのが精々になった。

『強さとはな、融通無碍《ゆうずうむげ》の手形よ』

そんな左馬之助に、師は語った。

鳥野辺林右衛門は、実に魁偉《かいい》な容貌をしている。一喝睨視《いっかつげいし》すればその前で面を上げられる者はないとも言われた。

『生殺与奪を握るとは、つまり相手を随意にするということだ。己が自在になるということだ。となれば、我が身を縛る鎖も失せよう』

ゆえに我を磨き強くなれ、と。

そして言葉の通り、林右衛門は幼い左馬之助に殺生を課した。刀の握り方、振り方ののちに伝授されたのは野犬の斬り方だった。犬だけではよろしからぬと、人肉の感触も教えられた。乙江の出す金で死体を購い、それを斬らせたのである。

だがそんな左馬之助より強いはずの師は、そう語る師自身が、いつも不自由そうだった。人を斬り人を見下し人を導き人を救い——四海に武名を轟かせながら、その行為の全ては死ぬるまでの暇つぶしのようだった。

林流秘奥たる早贄の剣にも、そのことが表れていると左馬之助は思う。

早贄の要諦は切っ先の晦《くら》ましと歩法にある。

敵手の真正面に立ち、露骨に刀を腰だめにする。突きの形を示し、相手に備えさせることで行動の自由をまず縛るのだ。

次いで用いるは剣先の動きだ。わずかに地へ低めた切っ先。ここへ騙しを織り込むのだ。間合いに応じて、微かな刃先の上下を行う。すると刺突を警戒する目は自然これを追い、やがて剣の位置によってのみ彼我の距離を測り出す。

これを膝下のみで行い、上体をまるで揺らさぬ独特の踏み込みを併せることで、早贄は間合いと緩急の自在を得る。幻惑された意識の見る刺突は、信じがたい神速と錯覚されるのだ。剣が伸びた、と感じる者すらあるだろう。

ここまではよい。

林右衛門が研鑽した剣の術の内と呼べる。

が、師はこの早贄を用いた折、必ず殺傷した者の骸を我が刀で縫い留めたまま捨て置いた。林右衛門の剣の餌食《えじき》となるのは、彼の武名を聞き及んで挑む武芸者である。数知れず現れるそうした手合いへの牽制と取れもするが、そうではないと左馬之助は見る。

それは殊更な示威だ。殺しののちに、わざわざ屍を晒す意味はない。樹木を、土塀を穿つ剣威を育む意味もない。

斬人に不必要な技法は、ただ衆目を集めるべくのものだ。己と己の行為の結果を見せつけるためだけのものだ。

世に知られたい。わずかなりとも爪痕を残したい。そのような、承認されたくてする足掻きに違いなかった。なればこそ師は、己が流派に姓でなく、我が名の一部を冠したのだろう。けれど、翻って顧みれば自分も同じだ。いつだって、認められたいと願っている。

全ての人に好かれるなど無理なことだ。それはわかっている。だが、せめてひとりにくらいは理解されたかった。肯定されたかった。そう望むのは大それたことだろうか。

けれど師ほどの豪傑すらこうであるなら、自分にそのような肯定は一生涯訪れまい。ならば強いも弱いも富むも貧するも生くるも死ぬも、全ては無聊《ぶりょう》の彩りでしかないのだろう。左馬之助はそのように観ずる。

が、それで終わりたくはなかった。なんとしても、後藤将監のお陰でない生を生きたかった。

『剣には美がある。歴史がある。どのような事情でどのような人物が、どのような思念を込めて鍛えたか。語らぬ物語を内に秘め、その沈黙が美となって横たわる。が、剣は剣だ。人を斬り、命を断つ道具だ。最も華々しく輝くのは殺生の瞬間であり、語られるはそれが何を斬ったか、どう斬ったかばかりだ』

足掻く左馬之助を、そう師は諭した。

いかに名を成そうと、ひとりの人間の何もかもが知られることはない。世人が訳知り顔に語るのは、最も流布された挿話のみである。当人の本意不本意にかかわらず、思いも願いも後世に伝わることはない、と。

それは林右衛門なりの諦観であり、悟入《ごにゅう》であったのだろう。

けれどその深淵を窺わず、左馬之助は刹那の華なる言葉だけを受け取った。

生き甲斐もなく死に場所もなく、誰も彼もが進行なく浮遊している。望みのまま、自儘に生きるを決して世間が許さないから、揃って世の形に合わせ、窮屈に呼吸をしながら漂っている。

物を食い糞をひり、臆面もなく生きて脈絡もなく死ぬ。そのような時間に意味はない。

だから、花を咲かそう。

たとえるならば徳川家だ。

神君《しんくん》家康はまだ生きている。幕府が続く限り、彼は生き続ける。ならば同時に、その礎となって枯れた万骨もまた、同じく生き続けていると言えるだろう。花を咲かす水となった彼らの生きた証しが、今も咲き誇る大輪なのだ。

単一では無為でしかないものが、斯様に偉大なものの、美しいものの下敷きと成れたなら。

それは無意味ではないということだ。生まれた意義があったということだ。ならば、もって瞑《めい》すべきであろう。

——オレは、オレが生きる限り生きてやる。

呼吸を続けること、従って流されて動くこと　そのような受動を生きるとは呼ばない
オレはオレの意志で望み、オレの意志で動き、オレの意志を叶える。それこそが生だ。光芒の花だ。ならば有象無象は水となれ。無為の生ならせめて啜って糧としてやる。そうして、オレとともに生きればいい。

いつしか芽吹いたのは、そのような優しさだった。

左馬之助は、己の熱で他を焼くをよしとした。無為と断じたものを我が火の薪《たきぎ》とする、それは殉教《じゅんきょう》の強要である。

歪み、捻くれたまま、取り返しようもなく伸びたのは、他を喰らい自らのみが咲き誇る、恐るべき怪《あや》しの花だった。

そんな彼のもとへ、いつしか参集する者たちがあった。

あるいは美学や信仰に酔い、あるいは人の世の形に合わず、あるいは刹那的に享楽をむさぼる破綻者たちだ。

どこか欠け、どこか倦み、どこか飽いた彼らは、断崖へひた走るようなこの若者の昏い情熱に、破滅的な輝きに心を捕らわれ、信者めいて左馬之助に尽くしはじめた。

自ら火中へ飛び入る羽虫のごとき行為だが、左馬之助はこれを制止しない。どんな人間だろうと、己の道行きを妨げさえしなければ彼は構わぬ。

同時に、窮屈に呼吸をするのは、己ばかりではないと確信をした。ならば連れていってやる。ここでないどこかへ。いずことも知れぬ、それぞれに相応しい場所へ。

そのためにオレを利用しろ。オレも貴様らを利用する。

たとえ死すとも、夢に散るなら満足のはずだ。仮に幻であろうと、大きなもののために身命を尽くすは幸福のはずだ。

だから諸共に水となれ。その果てにオレの花は実を結ぶ。

幸い左馬之助には、用意された道があった。復讐の大義名分があり、それに加担する人間が揃えられていた。

池尾を排し後藤の重来《ちょうらい》を果たすための道筋を、左馬之助は滅ぼすために用いることを決めた。池尾を殺し、後藤を潰し、御辻を壊し、そのさまを国の要であり礎であったという将監様に見せつけてくれよう。

左馬之助はそれらの滅びを花として、青史《せいし》に咲き誇らんことを誓った。時代を毀《こぼ》ち、欠落をもって存在承認を得るを望んだのだ。

彼に魅入られた者たちは、こぞってこの念願を叶えんと働いた。

諸藩に埋もれ燻る、自分たちと同じ形の不満を煽り、炎へ変えた。世の鬱屈に乗じて義賊を気取り、目的のための資金を集めた。

　そうしてついに藩への帰参が叶ったとき、彼はとうとう母に告げた。

『ご安心ください、母上。お望み通り、母上を見下す者は誰ひとりないようにして差し上げます。池尾も後藤も御辻も、全部この世からなくして進ぜますよ。ええ、ご安心ください、母上。念願はついに叶います。全ては将監様の思し召しです』

　優しくそう囁かれ、乙江はようやく、己が途方もないものを育《はぐく》んでしまったと自覚した。膨大な悔恨がその精神の平衡をついに奪い、彼女は今や、江戸屋敷で仏壇に向けて呟くばかりの生きた骸と成り果てている……


　川面と風が、人もなげに語らっている。

　その囁きが水に生む波音がはっきりと耳に届くほど、景久と左馬之助、対峙する両者の間に横たわる静寂は深い。

　事ここに至り、景久もついに抜刀していた。抜いたのではない。抜かされたのである。黒い水がひたひたと足元に押し寄せ、徐々に水位を上げていく。そのような左馬之助の気当たりに押され、抜かざるをえなかったのだ。

　そうして互いが互いを試すように数合を斬り結び、ふたりはそののち、ぴたりと動きを止めている。

——素材は一流。だが、技は二流か。

この数合のうちに、左馬之助は景久の検分を終えていた。

とんだ化け物である。不十分な掴みで無造作に人体を投げ飛ばす剛力は例を見ぬものだ。鳥野辺林右衛門を筆頭に、人の世にはこうした逸物《いつぶつ》が稀に出る。

けれど、力はあっても術がない。身ごなしは素早けれども、行われるのは単なる反射だ。精密な自らの制御を経た行動ではない。構えには浮《うわ》つきが多く、立ち回りも粗雑極まる。

実際のところ、左馬之助のこの観察は概《おおむ》ね正しい。剣において、彼は景久の遥か先をゆく。天稟《てんぴん》の上に、左馬之助はたゆまぬ努力を重ねてきた。虚ろな恨みの火に諦観の薪をくべ続ける所業であったとしても、それは絶佳として結実している。

——つまりは、獣だ。

だから彼は、そのように景久を見た。

生のままで勝ち続けた手合いであり、天性の膂力で思うさまをする畜生にすぎない。やがては人に狩られ、追い立てられるが必定だ。そして左馬之助は、こうした輩の狩り方を心得ている。

この種の生き物は敗北を知らない。

負け知らずと言えば強者が連想されるものだが、実のところそうではない。左馬之助は知っている。勝ちしか知らぬ人間は強くない。怖くないのだ。

心とは挫折と絶望で磨かれるものだ。甘い勝利の味のみを覚えた心は、たわいない傷で、わずかな挫折で容易く折れる。天与の才が、時に凡百の研磨に後れを取る道理だった。

本当に恐ろしいのは敗者だ。屈し敗れ笑われ侮られ、それでも蛇のように執念深く生き延びて、なお立ち上がる敗者こそだ。

「貴様に、負けの味を教えてやる」

告げる左馬之助の声には、瞋恚《しんい》があった。景久の妨げに対する怒りである。

たとえ無為に見えようと無益に思えようと、御辻潰しは最早彼の念願である。ここまで紡いできた夢であり、間もなく咲き誇るはずの花だ。

安い友愛の類でそれを阻もうというのなら、到底生かしてはおけぬ。一罰百戒、一族郎党までをも含めて見せしめの撫で斬りをせねばならない。

数多《あまた》の水を啜ってきた以上、自分は生きねばならぬ。生きて、咲かねばならぬ。でなければ礎として踏みしだく者たちが報われぬではないか。

だが、安堵するといい。そうして死ぬ貴様らも花のうちだ。

「習うまでもない。それならば、嫌というほど知っているよ」

オレは何ひとつ上手くできたことがない、と続けかけ、景久は頭《かぶり》を振って口を噤んだ。

「望み通りに運ぶは稀が世間ではないか。世の中というのはまあ窮屈で、意のままに運ばぬことばかりさ。それでも」

――俺はお前を、大したものだと思っているよ。

――おまえが継いでくれても構わんのだぜ。

――初も鼻が高いです。

――お前は私の、自慢の息子だ。

――ありがとうございました、景久様。

「それでも、生きていていいのだと思えることがある。ここにいていいのだと思えるときがある」

だから。

そう思わせてくれる人々のために、景久もまた、ここを退《ひ》けない。双肩には友と縁者の無事が担われるのだ。

上手くできた試しが少ない。だがこのたびは石に齧りついても、勝ち取って、守り抜きたかった。あの人たちの心が誤りでないと示せるように。自分で、自分を誇れるように。

「それを幸福と感ずるがゆえ、貴殿を先へはやれんのだ」

決裂の言葉めいて言いながら、しかし敵意とは異なる眼差しで、景久は左馬之助を見る。先の四名《よめい》は、自他の命を軽く見る奴ばらだった。死など恐れぬ、死んでも構わぬと口にしながら、その実、深く考えてはいない。容易く奪いながら、奪われる側に回れば恐れ慄《おのの》くばかりだとは、今、目にした通りである。言ってしまえば不真面目で、不誠実だ。

が、後藤左馬之助はどうも様子が異なる。

彼は苛烈を口にする。が、その苛烈を自らにも強《し》いるふうがある。こちらは悲愴なほどに生真面目で、誠実なのだ。

その感触が、どうにもやりにくいところだった。

単純に憎める相手ならよいのだが――などと間抜けを思ったところへ、踏み込みが来た。恐るべき速度の胴薙ぎを防がせたのは、梅明かりでなく景久の反応速度である。その事実に、景久は胸中で舌打ちをした。

左馬之助の剣は、やりにくい。

ひとつの構え、ひとつの歩みの中に無数の変化を孕んでいる。選択肢が多すぎるがゆえに次の挙動が絞り切れず、ために、梅明かりが通用しない。呼応しての反撃を為せぬのだ。

だがこれは当然のことである。剣の達者ほど、筋骨がより円滑に力を、運動を伝えるよう工夫を重ねるものだ。無駄の省きは同時に起こり――予備動作の消去へも繋がる。つまるところ武芸に秀でた者の動きは、景久に見取りがたい。とはいえ彼に読み切られた赤森や緒方ら四名も、一流の域にある術者なのだ。もって左馬之助の技量を知るべきであろう。

——やはりだ。

じゃらりと刃を噛み合わせつつ、左馬之助は確信する。

今の受け太刀は著しく精彩を欠いていた。刀剣の軌道を知り抜いたあの迎撃は見る影もない。この獣は強い。が、やはり経験がないのだ。互角の敵と競ってはいない。大差ある戦いばかりを勝利して、互いの血肉を削ぎ合うような死闘を経てはいないのだろう。だから未知の領域を相手取り、どう対応すべきかがわからぬのだ。

踏み変えて右の逆袈裟、翻って肩口への斬り下ろし。これが避けられるや思い切り体《たい》を打ち当て、足技を仕掛けて景久を崩しつつ、飛び退きざまの小手。目まぐるしく変化しながら、左馬之助は追い詰める。どうにか凌ぎはするものの、景久の肉体は各所から血を噴いた。浅手ながらも、隠しようのない流血が全身を染める。

景久にしてみれば、無数の野犬を相手取る心地だった。影を追えどもそこに左馬之助の実体はなく、戸惑うところへ思わぬ方角から次の牙が襲いくる。こうも速く、強い相手は初めてだった。一瞬でも集中を切らせば、たちまち喉笛を噛み裂かれるだろう。景久の背筋を冷たい汗が伝った。肌を撫でる刃風に、彼は生まれて初めて他者に慄然《りつぜん》たるものを覚えた。

防ぎも躱しもままならない。惑わされ晦まされ、景久は打開の糸口を掴めない。じりじりとただ、刻まれていく。恐るべき左馬之助の冴えだった。

このまま敗れるのかと弱気が浮かび、それだけはならぬと心魂を喝する。

けれど負けぬ気だけが強くあろうと、それで戦況を覆せるものではない。景久は痛烈に、正当に剣の修練を重ねてこなかったことを悔いた。

圧倒的優位を保つようでいて、一方左馬之助も焦れている。

彼に嬲るつもりはなかった。手負いの獣の脅威を、左馬之助は知悉している。だからこそ、いち早く景久の息の根を止めるつもりでいた。

が、できない。あと一歩を詰め切れない。軽い切創はいくつとなく与えている。しかし肝心なところで景久の守りを崩せぬのだ。技がない、との評は覆さねばならぬようだった。この男は、ひどく防ぎに長けている。目のよさもあるが、よほどの剣を受け続けてきた成果だろうと思われた。

だが必死のその面持ちを見れば、追い込んでいるのは確かだった。経験不足からだろう。佐々木景久は感情を実直に、また露骨に出す。苦境の面《おもて》ほど、敵を調子づかせるものはないというのに。

連撃での打倒は至難と睨み、左馬之助は飛び下がって息を整える。

「貴様は周りに恵まれなかった」

気を凝らしつつ、呟くように左馬之助が口を開く。

「穏やかに優しく正しく、幸福に生きてきたのだろう。だがそれが貴様の角《つの》を矯《た》めたのだ。オレに並びうる天稟を持ちながら、貴様は周囲に腐らされた。ゆえに、今宵今晩ここで死ぬ」

「そうかな」

応じて景久が口にしたのは、駆け引きでない心底よりの疑問だった。

「世間は甘いのではなく、優しいのだと知っている。オレは周りの人々にそのことを教えられた。だからな、後藤左馬之助。周りに恵まれなかったというならば、貴殿こそではないのかね。ただ強いだけで隣に誰もいない生き方は、寂しかろうとオレは思うよ」

嘲笑とも挑発とも異なる、それは純乎たる憐憫だった。純粋なだけに、そのぶん左馬之助の怒気を煽った。

猛毒めいた殺気が景久を押し包む。あまりに濃密なそれは、水中に引き込まれたかのような息苦しさを錯覚させた。足を踏み変え、左馬之助の構えが変わる。青眼に似るが、剣先がやや低い。それはぴたりと鳩尾の高さに据えられていた。

「林流、早贄」

弔いの六字名号がごとく発されたのは、左馬之助の備える最も恐るべき牙の名だった。

爪先と膝の向き、腰の落とし具合、肘の張りと開き。そうしたものから読むまでもない、露骨な突きの形である。切っ先の高さからして胴突きだろう。

が、その機が、起こりがまったく見えない。掴めない。わずかな手がかりを求め、景久の目が緩く上下する剣先を追う。

その、刹那だった。

何に反応したのかは、景久自身にもわからない。ただ胸の内で予感がざわめき、その不吉の兆しに従って、彼は大きく横に跳ね飛んだ。

これが、景久の命を救った。

左馬之助のひと突きは、ほとんど無拍子だった。これまで見たどの剣よりも鋭いそれは、咄嗟の移動がなかったなら、景久の胴を刺し貫いていただろう。が、辛うじて間に合った。横っ飛びの中途、いまだ宙にあるがままに景久は立てた剣を噛み合わせ、己の正中線から刺突を逸らす。しかし、逸らし切れはしなかった。

左馬之助の一刀が内包する、鬼気とでも呼ぶべきものが受け太刀を押す。堪らず崩れ、切っ先が肋《あばら》を掠めた。景久の額に、どっと脂汗が噴く。

「よくぞ躱した」

膝を突いた彼を、左馬之助が見下ろした。その顔には、偽らざる賞賛の色がある。早贇を避けられたのは初めてのことだった。

「が、二度はない」

逃れえぬ死を宣告し、再び腰に刀をためる。

景久の思考が絶望に毒された。体勢が悪い。自分が立ち上がるのとおそらく同時に、あの突きが来る。真っ向から受け切れるものとは到底思えなかった。此度は避けえない。

命の終わりを間近に覚え、全身がかっと、燃えるように熱くなる。

絶対の死地に加速した心で、景久は思念を巡らす。

恐れるのは己の死ではない。その先に連なることだ。

ここで自分が敗れれば、彦が、初名が、父が死ぬ。やがて魔手はりんや外記、秋月の面々を含めた親しい人々へと伸び、御辻藩は崩壊することとなる。景久が憧れ、愛した景色は終わりを迎えるのだ。

嫌だ、と思った。

奪われたくはない。

奪わせたくはない。

だというのに、後藤左馬之助は強かった。想像を超えて、予想を超えて強かった。景久が荒事に抱いていた自負など、児戯《じぎ》のようなものだった。このままでは及びもつかない。手立てを求めて心が吼《ほ》えたそのとき、不意に答えは訪れた。

——ああ、なんだ。

これほどの手練れを相手取るなら、これほどの猛者《もさ》と斬り結ぶのなら、合わせる必要はないではないか。

合わせて弱くなる必要などないではないか。

梅明かりが人を見極める観察と理解の剣であるとは既に述べた。この剣理を、景久が手加減に用いることも、また。

それは、景久にとって必要な箍《たが》だった。人として暮らすために不可欠な枷だった。第二の天性として、鼓動のように、呼吸のように当たり前にあるものとして、景久を縛る鎖だった。

意識すらしてこなかったこの拘束が、今、音を立てて外れた。

「む……っ⁉」

左馬之助が声を漏らしたのは、必殺の一撃の寸前、景久が何かを投じたからである。左馬之助はあわやで首を傾け、顔面へ飛来した物体を回避。数歩の距離を飛び下がって、その正体を確かめる。

なんの暗器かと思いきや、それはひと握りの木屑《きくず》であった。景久は素手で橋板を毟《むし》り、こそいだ建材を武器として用いたのだ。慮外のことに左馬之助は瞠目《どうもく》し、わずかひと呼吸ぶん動きが止まる。

これが逆転の機だった。

気づいたときには低く駆けつける景久の姿が眼前にある。それはまるで四足獣の姿勢だった。片手に剣をぶら下げて、上体をほぼ地面と平行にしてする移動だった。このような異常な歩法を左馬之助は知らない。

しかも、それが恐ろしく自在で機敏だった。時に拳で橋板を打ち、ありえない停止と方向転換とを披露する。ともすれば体ごと視界から消え失せるような疾走に幻惑され、左馬之助はたちまち間合いを許した。

刹那、片手薙ぎの一刀が閃く。受けると同時に、左馬之助が飛んだ。そこに宿る爆発のような剣威に、景久の腕力に耐え切れず、体ごと飛ばされたのだ。まるで大質量の砲弾を止めたがごとき感触だった。どうにか受け身は取ったものの、ただひと打ちで手が痺れ、感覚が狂わされている。突然の事態に平静を失しつつも、剣士としての修練がその身を立たせた。我知らず刃を構え、次に備える。

そこへ襲来したのは右足だった。地べたから爪先が左馬之助の顎を狙って跳ね上がる。身を捻ってこれを躱すが、空を打ち抜かんばかりに伸びた足は、たちまち打撃部位を踵《かかと》に変じ、大岩のごとく落ちかかった。飛び違える形で身を低くして前方へ転げ、左馬之助はまたも危うく難を逃れる。

が、その後背で信じがたい破砕音が轟いた。左馬之助を逸れた踵が、そのまま橋面を打って陥没させたのだ。それは、ひとりの人間が作り出すとは思えぬ破壊の光景だった。

刀は人を殺す道具だ。

ならば、景久にはなくてよい。彼が少し力を込めて殴れば、掴めば。骨肉を砕かれ潰され、それだけで人は死ぬ。

天衣無縫にして埒外の無法。

——無手勝流ならおれも及ばぬ。

秋月外記がそう評する所以《ゆえん》であった。

戦慄のうちで、左馬之助は笑い声を聞く。ひどく楽しげなそれは、無論佐々木景久の発するものだ。彼が浮かべるのは満面の笑みだった。全力で遊びに興じる童のような。

物心ついてより初めて、景久はのびやかに四肢を動かしている。遠慮も会釈もなく、自身の性能を発揮している。それはなんとも自由で、なんとも愉快なことだった。

全力をぶつけていい相手がそこにいることの幸福よ。これも避けるか。これも防ぐか。ではもっと先へゆこう。もっと、もっと、もっと！

けれどこの解放は、積み重ねられた佐々木景久という人格を否定しない。彼は力に耽溺《たんでき》しない。なぜならば知るからだ。

潮路の暴れ川のようなこの天性に、寄り添ってくれた人々がいる。彼らがともに岸辺を歩き、手を引き続けてくれたから。だから自分は、違《たが》えずに流れていける。

――皆が、オレをオレのかたちに踏み固めてくれたのだ。

父の、妹の、友の、師の、りんの顔を胸に浮かべる。遠く眺めるばかりだった、春の宵の祭りを思う。

かちりと、どこかで何かが噛み合った。

「首と見せて小手、転じて脛払い。なるほど、機動を殺すが狙いか」

「……ッ⁉」

脳裏に描いた攻め手を寸分の狂いなく言い当てられ、反攻を目論んだ左馬之助が動きを止める。

「ああ、切り替えの早いことだ。だが刀を投じるのはよした方がいい。ご同輩の腰の物を拾うより、オレの方が速い」

またも悟られ、苦し紛れに振るう刀も、景久にとっては既知のものだ。淡々と躱して流し、受けて払う。まるで覚《さとり》の怪物だった。

突然に精度を増した先読みは、唐突な技量の向上を意味しない。これは単に景久の暴威に晒され、左馬之助の手札が半減した結果であった。

ここまでの景久は受けを主としていた。弾き、捌《さば》き、流した上で穏当な反撃を行う、要撃の剣形である。梅明かりによる防ぎに重きを置いて、左馬之助に無制限の攻め手を許してきた。

しかし、それが変わった。

現在の景久は、振るう斬撃や間合いの加減により、巧みに左馬之助の行動を制限している。十の選択肢から相手の選ぶ一を見抜くよりも、二から一を読むが容易なのは自明のことだ。また景久の剣は、ただ動きの幅を狭めるに留まっていない。左馬之助がより自分に都合のいい行動を採るよう仕向けすらしている。

景久の封殺は、以上に由来することだった。

──梅の花開く音を聞け。

秋月外記はこの剣の要諦を斯様に語る。これは集中の力を説くのみに非《あら》ず、開花の音、それに専心しうる環境の構築をも示唆するものだ。自縄をもって自縛し、相手の自儘を許す景久のやり方では到達すべくもないかたちである。

が、皮肉にも偃武《えんぶ》の顔を投げ捨てたこの夜、彼は梅の花開く音を耳にしたのだ。

斬り結ぶ刃が火花を散らし、此度は左馬之助がじわりと押される。たまらず距離を取ろうと飛び下がるが、景久も同時に、同じだけ前へ跳ねている。ぴたりと影のように追随し、間合いを離すを許さない。

攻めに攻めて相手を縛り、反攻までもを読み切ってさらに砕く猛追の剣。それが今の景久だ。抑えることなく五体の機能を解放している。人の形をした凶器であり、暴力だった。

だが実に可笑しなことに、この暴虐の根底には、左馬之助への信頼がある。この男ならば、この程度で死にはしまい。そのような信頼である。

彼ならば大丈夫と安心しきって景久は全力を振るい、左馬之助の天才は意図せず応えてこれに並走した。

さらに十数合を交わすうち、左馬之助に学習が生まれる。学びとはすなわち景久の剛力と先読み、そして攻め手の癖への理解だ。縦横無尽の不規則と思える景久にも、一定の理があり、嗜好《しこう》がある。

彼の剣は凄まじく速く、また重い。が、技術を欠くのに変わりはなかった。騙し手がなく、自身の傾向の隠し立てが甘い。全てが真っ正直なのだ。ゆえに撃剣の組み立てとその意図は至極読みやすい。

見ているのは精々一、二手の先まで。

そう見極めわずかな視線の誘いを入れれば、たちまちに景久は食いついた。左馬之助の偽りにも敏感に反応し、妨げるべく片手薙ぎの逆胴を送る。足捌きの切り替えのみでふわりとそれを外し、左馬之助は景久の剣を追う形でひと息に近接。自らの腕の振りに邪魔され咄嗟の行動が取れぬ景久の脇腹へ鞘尻での強打を叩き込む。

胴へ斬り込むと見せての柄打ちだった。当然、刀身を用いるよりも殺傷力では劣るが、最短距離を走る。振りが小さく、そのぶんだけ反応しがたい。

しかし驚くべきか、景久はこれも躱した。

読みの外れを補ったのは、恐るべき彼の身体能力だ。太刀行きを避けられ、流れて隙を晒した自身の体を、景久は片足一本の脚力だけで後方へ飛ばした。想定もつかぬ急制動であり、急加速だった。狙いの位置から胴体は消え、柄は虚しく空のみを打す。

舌打ちも出よう局面だったが、左馬之助は微かに口角を上げた。

大きく退いた景久の面《おもて》に、まぎれもない感嘆と称賛の色を見て取ったからである。なんとない満足が胸に満ちた。

「途方もない男だ、佐々木景久」

死闘の最中《さなか》に左馬之助の口を開かせたのは、この充実であったろう。

「その馬鹿げた力で、貴様は一体何を為す？」

「何も」

答えは短く、簡潔だった。

強くなくとも安んじて暮らせる。武に秀でずとも幸福に笑える。そういう世の中を、景久は好ましく思う。

ゆえにかつては、自らの居場所がそこにないと思い詰めた。愛おしく美しいものたちを損ねぬように、憧れながら遠ざかった。

つまりは侮っていたのだ。彼らが弱いと決めつけていたのだ。

だが、そうではなかった。己を歪《ひず》める過去があろうと、それを糧に、やわらかな日々を紡ぐ人たちがいる。陽光ほどに眩くはなく、けれど星や花の光のように、彼らは景久の行く手を照らしてくれる。尊いその強さは、到底己ごときに打ち壊せるものなどではない。

誰も彼もが、自分などより遥かに強い。実に頼もしいことだと、微笑んで思う。

オレはオレなりに生きればいい。らしく、精一杯生きてよいのだ。

それゆえに彼は言う。

「オレは、春酒に酔う侏儒《しゅじゅ》がいい」

苛烈に、凄絶に、時代を築くべく生きる者たちを否定はしない。ただ景久は、それは己に向かぬことだと考える。

命とは左様に切羽詰まったものではあるまい。それはきっと旅路に似るのだ。ただ前のみを見て先を急ぐ道程を、景久は好まない。自らの愛する人々と、道中の風景を愛でつつ、語りつつ歩みたいと思う。

確かに我が身が宿す力は格別のものであろう。だがこれが道行きを忙しなくするものであるのなら。殺し、争うためにあるのだというなら。斯様なものは、懈怠《けたい》させておくに限ろう。

「――放言をしてくれる」

景久の言いは、しかし左馬之助には受け入れがたく、また許しがたいものだった。佐々木景久がより大きな花を咲かすなら、自身は水になってもよいと左馬之助は考えた。これで楽になれるとも考えた。だというのに、この男は。

「貴様は駄目だ。貴様では駄目だ。それでは水が無駄になる。これまでが、ここまでが烏有《うゆう》に属す」

絞り出す声は、だからまるで悲鳴のようだった。

「貴様のような大きな者には責務があるのだ。だというのに、なぜそれを果たさない。果たそうとしない！」

唐突な叱責を受け、景久は戸惑って鼻を掻く。

「生真面目なのだなあ、貴殿は」

呟いてからしばし考え、そうか、と彼はひとつ唸った。

「思うに貴殿は、天をひとりで支えてしまったのだな。そうも凝り固まるまでに、相応の辛み苦しみがあったのだろう。だが、それは人に同じものを施していい理由とはなるまいよ」

「黙れ。種でないなら、花にならぬなら、オレの夢を阻むなら、貴様はやはりここで死ね」

「ああ、いや、違うだろう。それは夢ではないだろう」

それこそ生真面目に、決別めいた左馬之助の言葉を景久は否定する。

「夢とは幸福の景色のはずだ。しかし後藤左馬之助。貴殿のそれに、貴殿の幸せはあるまい」

見透かした物言いに、上からとも取れる言い種《ぐさ》に、左馬之助の目が細まった。

すいと膝を沈め、剣先をやや低く、地へと垂らす。切っ先を相手の鳩尾へ据えるその構えは、言うまでもなく早贄の予兆だ。

——読むならば読め。オレはそれを超えてゆく。貴様の屍《しかばね》を越えてゆく。

小手先の騙し、晦ましのみでなく、五体を練り上げるのも林流のうち。大樹をも穿ち貫く我が刺突を捌くが叶うか。

彼は半ば以上、我が敗れを予感していた。それでも、おめおめと引き下がることはできなかった。否。引き下がりたくはなかった。

「自らで止まれぬというのなら、オレが理由を拵《こさ》えよう。腕と足、どちらがいいかね」

敵意に満ち満ちた左馬之助をも呆気に取らせる、とんだ方角の親切だった。

「なに、剣術《やっとう》で渡る世ではもうないのだ。貴殿ほどの人物ならば、他に方便《たつき》の道もある」

取り繕うように付け加える景久に、左馬之助は思わず息を漏らす。漏れたそれは、はは、とそのまま苦笑になった。

随分と久方ぶりに、自由な呼吸をしたと思った。

「どちらでもいいさ。できるならな」

言うのと、刃が閃くのとは同時だった。まるで烈光のごときその剣より速く前に出たのは景久である。低く、影のような下方から伸び上がって迫る切っ先の軌道を、彼は事前に感得している。

我が腹を食い破らんとする刀の切っ先を、あろうことか足裏で踏みつけた。開花を観じ、刹那為された先の先だった。

踏みながら、片手薙ぎに斬り上げる。顎から入って顔面を削ぎ落としかねぬ太刀行きだったが、この程度を躱せぬ左馬之助ではないと景久は信じていた。

期待に違わず、左馬之助は迷いなく封じられた刀身を手放した。上体を仰け反らせ、辛うじてこれを躱す。

無論、この体《たい》の崩れは景久の目論み通りであり、読み通りであった。

次の刹那、もう一方の手で振るわれた鞘が左馬之助の踝《くるぶし》を打って砕いた。痛烈な足払いを食ったがごとくその下半身は跳ね上がり、左馬之助は背から橋面に転がる。

大の字に転げた彼は、そのまま起きようとはしなかった。骨折の激痛があるだろうに、やがてその喉から漏れ出たのは、呵々《かか》とばかりの笑声《しょうせい》である。それは大きく明るく、済んだ祭りの余韻《よいん》のようにからりと寂しい。

——斬るべきか、斬らぬべきか。

抜き身を手にしたまま、刹那、景久は迷った。

前言通り、彼は左馬之助を生かすつもりだった。そのつもりで、左馬之助の剣の道のみを断った。

だがこのとき、彼の脳裏を赤森の末路が掠めたのだ。

景久が彼を蛇の生殺しにしたがため起きた惨劇があり、失われた命がある。ならばここで終わらせるのが正しい選択ではないかと、翻意しかけた。

けれど、息を吐き、頭《かぶり》を振ってやめた。

左馬之助は灰神楽と、彦三郎は言う。別のものの熱に舞い踊るばかりだと。

けれど今の左馬之助の姿には、彼がやがてこれまでとは異なる熱を——彼自身の熱を抱《いだ》くだろうと強く感じさせる何かがあった

だから、それを信じたいと思った。人のうちにある善いもの、優しいものを。自分がこれまでに賜ってきたものを、今まで通り信じようと思った。

そも、人の所業の全てを己の責と決め込むのは思い上がりなのだ。人間は、特に自分は、さほどまで偉くない。

もしも万一この男が再びの心得違いを起こすというなら、そのときはまあ、そのときだ。止《や》まぬ大笑を聞きながら刀を納め、やがて景久も可笑しくなった。それは不思議な共感だった。奇妙に通じ合う心地が倨武のかたちを成し、淡い笑みが口元に浮く。

彼の耳が、よく知る足音を捉えたのはそのときだ。橋の上から目をやれば、明かりもなしに尻を絡げて、夜の川端を走る彦三郎の姿が見える。

おっとり刀で駆けてくる我が友へ、景久はおういと大きく手を振った。

終章　春来る

青色の天が広がってる。

鈍色《にびいろ》の雪雲は空を去って久しく、風からも肌身を切る鋭さは失せた。庭のおふくろ様の木も、次々と花を綻ばせている。

そこここに春の兆しがちりばめられた好日を、景久は縁側に寝転んでただ浪費していた。相も変わらず自堕落な、涅槃仏《ねはんぶつ》めいた格好である。見た目ばかりでなく本日は、心もごろりと入滅を待つ釈尊のごとく落ち着いていた。

悟入の心地で思い返すは、昨夜経た修羅のごとき立ち回りだ。

誤解を恐れず忌憚《きたん》なきところを述べるなら、左馬之助との剣戟は愉快だった。全身全霊をもって一瞬一瞬に生死を賭し、存分に己の性能を発揮するのは愉悦だった。思い返すだけで手指の先まで血が通い、かっと全身が熱を持つ感覚がある。

が、彼は理解していた。それがごく限られた状況でのみ許された、獣の愉《たの》しみであることを。

ここは人が営む人の世だ。暴威の才覚など、我が身と同じく懈怠《けたい》させておくのがよいに決まっている。

ふっと息を吐いて、景久はまぶたを閉じた。眼裏に左馬之助の姿を浮かべる。

決着ののちの彼は、まるで憑き物が落ちたかのようだった。あれほどの憎しみの火がすっかり失せて、静かに凪《な》いだ瞳をしていた。

自分なりに尽くした最善と誠意が、微かなしるべとして左馬之助の目に映ってくれたならと、祈るように景久は思う。

鷹の羽組の振る舞いをも含めた己の所業と、今後左馬之助がどう向き合い、どう折り合いをつけていくのか。それは彼自身の心に任せればよいと景久は考えている。

誰も自身からは逃れられぬのだ。後藤左馬之助のような生真面目な男にとって、それは奈落の鬼のごとき刑吏であろう。

ともあれ左馬之助の豹変《ひょうへん》は、景久と彦三郎にとってありがたく働いた。

彦三郎にやや遅れて駆け戻ってきた己が手勢を、橋板に片胡座をかいたまま、左馬之助は眼光だけで引き下がらせた。そうして彼は、景久たちとの談判を容れたのだ。

その折、『お前の第一の仕事は、まず皆々様を安堵させてくることだ』と彦三郎に体《てい》よく追い払われかけたが、景久は肯《がえ》んじなかった。

彦三郎と左馬之助を、ふたりだけにするのは不用心だという点もある。左馬之助にもうその気がなくとも、周囲がどう動くか知れたものではない。

だが何よりも、人任せの知らぬふりはもうやめようと考えていた。

彦三郎の密談望みは、政争に自分を巻き込まない配慮だと景久は承知している。立ち会って具《つぶさ》に会談を聞こうと、入り組んだ意図の機微が己には読み解けないだろうとも思っている。

だができぬできぬと向き合わぬまま逃げ続ければ、生涯できないままで終わろう。

迷惑がられようと鬱陶しがられようと、万象に首を突っ込んで自らの糧をすることを景久は決めていた。観察に優れながらも見逃し、聞き流してきた彼が、ようやく至った学びの決意である。

そうした心境の変化を、彦三郎は横面《よこつら》に見取ったのだろう。

根負け顔で頷いて、友の同席を許した。左馬之助も、これに異議を唱えなかった。

斯くして社橋談判は夜更けまで続き、その結果として翌日、藩は後藤左馬之助は急な病を得たこと、水に慣れた江戸の地で療養する運びとなったことを公布した。

言うまでもなくこれは、景久らが取り決め、事実として報告した偽りである。

三人寄れば文殊《もんじゅ》の知恵とは言うものの、所詮は若輩どもが捻り出した取り繕いだ。政に通じる者、世慣れた者から見れば、穴だらけの顛末《てんまつ》語りであったろう。

が、藩の対応は、以前の後藤将監、此度の池尾彦三郎の折と等しかった。

すなわち、知らぬ存ぜぬであり、触らぬ神に祟《たた》りなしである。

元より、静まるが望ましい騒擾《そうじょう》であったのだ。城中は真相を探って藪《やぶ》から蛇を出すよりも、波風が立たぬ今の形のまま、暗がりに葬り去るをよしとした。

斯くして世を騒がせた後藤と池尾の果たし合いは幕を閉じた。有耶無耶《うやむや》この上ない、まさしく竜頭蛇尾の顛末である。

左馬之助の振る舞いは、自ら吼えかかりながら、すぐさま尻尾を巻いて逃げた怯懦と見えなくもない。

が、彼を声高に誹る者は御辻藩にひとりもなかった。対岸の火事のように一件を眺めつつも、左馬之助の勁烈《けいれつ》なる鬼気を誰もが肌に感知していたためであろう。

後藤閥や詐略に誑かされた部屋住みらへの風当たりが図らずも弱まったのも、同じく左馬之助への恐怖に根差したものと思われた。


が――

事態が終息したそののちも、彦三郎は景久の前に姿を見せないままだった。

ごろ寝をしつつ待ちわびて、早半月。佐々木邸のみならず、秋月道場へも彼は顔を出さないままだという。

横から手を出した景久とは異なり、彦三郎は騒動の中心にいた男である。果たし合いそのものは失せたが、伴って生じた大小の事態を収拾すべく、大わらわの日々を過ごしているのであろう。

また、池尾新之丞はいまだ人事不省のままだとの風聞がある。とすれば、左馬之助の件で面目を施した彦三郎が若き当主となる、世代交代劇のただ中であるのやもしれなかった。

――だから彦は、オレを厭うて来ぬではないはずだ。

そう自分に言い聞かせ、景久は不安な気持ちに蓋をする。『俺には関わるな』と言われはしたが、あれは左馬之助のことがあっての言いだ。縁がこれきりということは決してあるまい。

いやだが、方々を巻き込んで勝手な斬り込みをしたのはよくなかった。その点については詫びるべきであろうか。

悔いはじめれば際限がない。不安の材料が次々と鎌首をもたげ、暮れかからんとする空を眺めて、景久は胸の奥から嘆息をする。

そのときだった。

彼の耳が、あの日以来で庭を踏む友の足音を捉えたのは。

「大した手間だったぞ、景」

寝そべる友人と白梅の間に立ち、彦三郎は穏やかにぼやいた。

応じて、景久はゆっくりと瞬きをする。

「口裏を合わせたとはいえ、実に面倒な取り繕いだった。そこへ加えて池尾の内紛から、後藤の件を奇貨としてうちに噛みつこうとするのまで、厄介事の大盤振る舞いときたものさ。やはり時折、人間には辟易するよ」

「前にも言ったがな、彦。オレは気晴らしに向く面相ではないぞ」

すると彦三郎は涼しく笑い――

「此度はそうだな。ようやく暇《いとま》ができて見てみれば、一番のやらかし者がごろ寝を決め込んでいる。この光景ばかりは業腹だ」

言われてみればその通りである。またしても楽をしてしまったとの反省が、景久にもないではない。

「適材適所というものさ、彦」

が、おくびにも出さず、片肘で寝転んだまま鼻を鳴らした。

「これでオレを捨て置けば、手間が増えるばかりと知れたろう。わかったなら、二度と縁切りがどうのとは口にせぬことだ」

「いやはや仰る通りだ。何より、礼が遅れたな。ありがとう、景。お陰で、ない命を拾ったよ」

慇懃に頭を下げつつ、しかし逡巡めいた奇妙な遠慮で、彦三郎は縁側へ寄らない。自ら切り捨てた友人に再び親しみを示すことへの折り合いが、上手くつかずにいるのだろう。

もちろん、景久の知ったことではない。身を起こすと座り直し、隣を叩いて友を招いた。

「……良いのかね？」

「なんの悪いことがある」

涼しい目元にやわらかな微笑を浮かべ、彦三郎はこれに応じた。どかりと胡座をかくや真面目な顔を作る。そうして景久を見つめ、言った。

「覚悟しておけ、佐々木景久。池尾彦三郎は執念深く恩を忘れない男だ。この恩は、いつか必ずお返しをする」

律儀なことだと肩を竦めると、彦三郎も相好を崩し——

「つまりこれは、その嚆矢《こうし》というところだな」

ぶら下げてきた通い徳利を、顔の横に掲げてちゃぷんと揺らした。

家人が出払っていたから、梅花のみが肴の宴となった。

味気ないということはなかった。お節介の後の酒は、思うよりもずっと美味い。

何も変わらぬ、いつものふたりの景色だった。

「私事《わたくしごと》なのだがな」

「ほう？」

白梅を見上げ、ぽつりと景久は呟く。

「この頃、父上と酌《く》み交わすようになった」

「ほほう！」

佐々木家の親子仲を知る彦三郎が、感慨深く頷いた。

あの日以来、景久と清兵衛のやり取りは確実に増した。要らぬ諍《いさか》い——たとえば城中からの咎めがあった場合、どちらが家のために腹を切るかを争うようなことも増えたが、これは気を許し合った証しと言えなくもない。

「一度清兵衛殿には、ご心配をおかけした挨拶をせねばな」

「初にもしてやってくれ。でないとあれは後でむくれる」

「無論のことだ。今日はそのつもりもあったのだが、生憎と不在のようだな？」

「うむ。ちょうど稽古事でな。もうじき戻る時分とは思うが……」

景久が口にするのを見計らったかのように、折よく表口《おもてぐち》の方角から、姦しい声がした。

明らかに初名の声だが、調子からしてひとりきりではないらしい。さて誰と帰ったものやらと耳を澄ますと——

「兄上はですね、女性のうなじが好きなのです！」

元気よく言い放つのが耳に届いた。「ほほう？」と呟いて肩を震わせる彦三郎をどやしてから、何を吹聴しているのだと額を押さえる。同伴の人物には、さぞ誤解されたに違いない。

「いえ、でも。好みは人それぞれと申しますから」

思ったところへ、追撃が来た。初名とは別に聞こえたのは、間違いなくりんの声調だった。道で待ち伏せるなり、店《たな》に押しかけるなりで、またぞろ強引に引っ張ってきたのだろう。内弁慶の初名だが、一度気を許した相手には平気でそういうことをする。なにせ、「おりん殿に迷惑だろう」と掣肘したところで、「なら兄上が助けてしんぜればよいでしょう」と澄まし顔を返すような娘なのだ。

この妹はやはり途方もないと、景久は改めて思い知る心地である。

そういえば、あの斬り合いの夜もそうだった。

夜更けに戻った景久を、当然の顔で初名は迎えた。そうして刀傷の手当てを手伝い、

『兄上』

と極上の笑みで呼びかけたものだ。

『このたびは、お疲れさまでした』

格別にやわらかな声音だった。蚊帳の外に置いておいたはずなのに、何もかもを見透かす様子だった。

女は悉皆《しっかい》魔性だという。もしや我が妹もそうであるのかと、景久は憮然と杯を乾《ほ》した。

そうするうちにも、ふたりの会話は縁側へ近づいてくる。話の中身からしても、初名がりんをここへ引っ張ってくる魂胆なのに疑いはない。つい腰を浮かせかける景久の袖を、彦三郎は捉えて邪魔立てをした。

「おりん様」

「はい」

「このたびのお働き、初は大変に感謝しております。兄も池尾様も、おりん様に救われたと申して過言ではありません」

「いえ、そのような」

「初はおりん様に敬服いたしました。なので！」

りんの否定に被せて、初名は一際《ひときわ》強い発声をする。確実に、兄が聞いていると承知しての仕業だった。

「なので初には、おりん様を姉上とお呼びする用意があります！」

「あ、はい。……はい？」

本当に、何をしでかしてくれているのだ、あの妹は。

助太刀を求めて友を見やれば、彦三郎は口を押さえて肩を震わせ、笑いの衝動を押し殺すのに精一杯である。

——だが、まあ。

諦め顔で、景久はまた梅を見た。

腕っ節などまるで役に立たない、奪うばかりで何ひとつ与えぬ代物である——などと綺麗事ぶるつもりは景久にない。

刀と同じだ。抜き時を誤らねば有用である。この好日を守ったが、これなるは確かなことだ。

けれど、と同時に思う。

剣で打ち払える危難など、所詮一過性にして直接的なものでしかない。たまさかに役立ったからと頼みすぎては決してならない。火花のように一瞬きり輝く力よりも、地に足を着け、継続して日々の暮らしを立てる力の方がよほどに強く尊《たっと》いのだ。

七面倒な本性だの天分だのは、やはり懈怠《けたい》させておくに限る。

「そう言えばだがな、彦」

「どうした、景」

友の杯《さかずき》を満たしながら、小声に告げた。

「お前の言う通りだった。どうやらもうあのときから、オレは惚れていたらしいよ」

唐突の自白に、酒を呷っていた彦三郎が盛大にむせた。しばし咳き込んだのち、痛くない拳で景久の胸で小突き、それから晴れやかに笑った。

その笑顔の向こうに、りんと初名の姿が見える。

この一時《いっとき》が、もし覚めがたい春の夢であったとしても。

幸せだなと、景久は思った。

あしでまとい
〈御城下《ごじょうか》の秘技《ひぎ》〉
井戸正善
アルファポリス
第7回
歴史・時代小説大賞
大賞受賞作
新進気鋭の作家が描く
剣と人情の感動譚!!
隠居武士、空閑政頼のもとに旧友が老中の暗殺を依頼しにきた。最初は断ろうとした政頼だが、空閑家を継いだ義息子の陽一郎が老中の護衛に抜擢されたと聞き、考えが変わる。陽一郎に遺す金を手に入れるために暗殺を成功させ、かつ護衛の陽一郎に手柄を立たせる。そんな無理難題をやり遂げるための策を講じた政頼は、陽一郎に自身が受け継いだ秘技『無明』を伝授することに決める。政頼の真意は——
あしでまとい
〈御城下の秘技〉
井戸正善
隠居し床に伏せる
老武士、空閑政頼。
家を継いだ義息子に
秘技を伝授するが、
その真意は——!?
新進気鋭の作家が描く
剣と人情の感動譚
時代小説
歴史・時代小説大賞
大賞受賞作
◎定価：737円（10%税込）
◎ISBN978-4-434-31004-1
◎illustration：浅野隆広

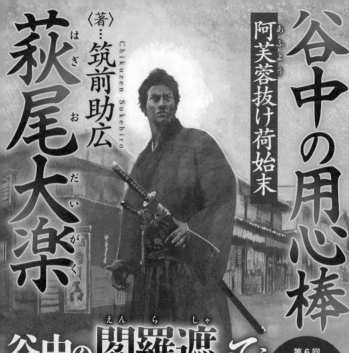

吉原にて、雨天に傘を持っていながら「思いを遂げるまでは差さずに濡れていく」……という〈フラれ侍〉が評判をとっていたある日。南町奉行所の定廻《じょうまわ》り同心、黒沼久馬《くろぬまきゅうま》のもとに、雨の夜の連続辻斬りが報告される。
そこで、友人である〈首斬り浅右衛門《あさえもん》〉と調査に乗り出す久馬。
そうして少しずつ明らかになっていく事件の裏には、傘にまつわる悲しい因縁があって――

◎定価:737円(10%税込)　◎ISBN978-4-434-26096-4

●illustration:森豊

この作品に対する皆様のご意見・ご感想をお待ちしております。

おハガキ・お手紙は以下の宛先にお送りください。

【宛先】

〒150-6008 東京都渋谷区恵比寿4-20-3 恵比寿ガーデンプレイスタワー 8F
（株）アルファポリス　書籍感想係

メールフォームでのご意見・ご感想は右のＱＲコードから、
あるいは以下のワードで検索をかけてください。

アルファポリス　書籍の感想　検索

ご感想はこちらから

アルファポリス文庫

秘剣《ひけん》 梅明《うめあ》かり　なまけ侍《ざむらい》 佐々木景久《ささきかげひさ》

鵜狩三善（うかりみつよし）

2022年10月30日初版発行

編集－加藤純・宮坂剛
編集長－太田鉄平
発行者－梶本雄介
発行所－株式会社アルファポリス
〒150-6008 東京都渋谷区恵比寿4-20-3恵比寿ガーデンプレイスタワー8F
TEL 03-6277-1601（営業） 03-6277-1602（編集）
URL https://www.alphapolis.co.jp/
発売元－株式会社星雲社（共同出版社・流通責任出版社）
〒112-0005 東京都文京区水道1-3-30
TEL 03-3868-3275
装丁イラスト－はぎのたえこ
装丁デザイン－AFTERGLOW
印刷－中央精版印刷株式会社

価格はカバーに表示されてあります。

落丁乱丁の場合はアルファポリスまでご連絡ください。

送料は小社負担でお取り替えします。


ISBN978-4-434-31005-8 C0193